KB132281

이런
사랑

UN GARÇON D'ITALIE
by Philippe Besson

이 도서의 국립중앙도서관 출판시도서목록(CIP)은
e-CIP 홈페이지(http://www.nl.go.kr/ecip)와
국가자료공동목록시스템(http://www.nl.go.kr/kolisnet)에서 이용하실 수 있습니다.
(CIP제어번호: CIP2012004902)

이런 사랑

Un Garçon d'Italie

필립 베송 장편소설 | 장소미 옮김

문학동네

이 책에 쏟아진 찬사들

『이런 사랑』은 흠잡을 데 없는 작품이다. 어떤 공격에도 끄떡없을 만큼 완벽하다. 설득력 있는 이야기와 개성 뚜렷한 등장인물, 공감할 수 있는 감정, 철저하게 계산된 거리두기, 눈앞에 그려지듯 생생한 장면들, 동성애를 포함한 사랑, 죽은 자의 목소리 등으로 모든 재미를 약속하는 작품! 리베라시옹

필립 베송은 단순한 이야기로 위대한 소설을 만들었다. 평범한 사랑 이야기는 그의 손을 거쳐 고대 비극과 철학적 우화의 무게를 얻었다. 문체는 세심하고 정교하며, 강박에 가깝게 다듬어져 있다. 『이런 사랑』은 고독에 대한 충격적이고 힘 있는 성찰이다. 시급히 읽어야 할 소설. 렉스프레스

필립 베송은 찬란하고 아름다운 이야기를 들려줄 뿐만 아니라, 극도의 절제와 세심함으로 사랑과 열정의 메커니즘을 분석한다. 작가는 묻는다. 사랑의 진실은 어디에 있는가? 만약 진실이 언어 속에만 있는 것이라면? 팽팽한 긴장과 질문이 소설 한가운데를 관통한다. 특권은 독자에게 주어졌다. 오직 독자만이 답을 알 수 있다는 특권이. 텔레라마

필립 베송은 벌거벗은 감정이라는 주제에 천착한다. 그의 소설은 읽힌다기보다는 피부로 느껴진다. 『이런 사랑』은 우리 모두에 관한 이야기다. 공허와 맞서지 못하는, 연약한 우리 모두에 관한. 마가진 리테레르

『이런 사랑』에서 독자들은 사랑과 죽음을 이야기하는 극도의 절제된 목소리를 들을 것이다. 그리고 매우 독창적인 구조 속에 조서를 꾸미듯 구축된 미스터리와 서스펜스의 예술도 발견할 것이다. 이 소설은 절망스러우리만치 스스로를 억제하고 절제하는 세 주인공의 매력으로 빛난다. 그들은 죽음을 초월해 연대하고 있다. 사랑하고 사랑받는 데, 삶을 사랑하는 데 똑같이 어려움을 겪고 있다는 점에서…… 레제코

죽을 것이 확실하면 받아들일 도리밖에 없음을 알지만,
그래도 이제부터 내 마지막 남은 힘들은
이 죽음을 받아들이려는 시도에 쓰일 것이다.
이 시도에서부터, 존엄을 지키기 위한 내 필사적 노력과
경악스럽고 혼란스럽고 정체가 불분명하고
끊임없이 계속되는 이 피로,
즉 패배를 자백하는 것에 대한 거부가 비롯되는 것이다.

아르노 카트린, 『마른 눈동자』

차례

책 하나

왜 죽겠는가?
지금처럼 살아 있음을,
청춘이 된 듯한 기분을 느낀 적이 없었는데.

체사레 파베제, 『삶의 기교』

9월 23일 이른 아침, 루카 살리에리의 시신이 아르노 강 왼편 산타 트리니타 다리 아래쪽에서 발견되었다. 시신 사분의 삼가량이 더러운 진흙탕에 잠겨 잔잔한 물살에 가볍게 흔들리고 있었다. 얼굴은 황토색 모래밭에 얹혀 있었고 바깥쪽으로 노출된 볼은 젖은 머리칼로 가려 있었다. 경찰들이 시신을 뒤집었을 때, 얼굴 오른쪽은 부패해서 푸르죽죽한 색을 띠고 있었다.

루카 살리에리는 스물아홉 살이었다. 그의 연인 안나 모란테가 이틀 전에 실종신고를 한 상태였다.

루카

이 진흙에서는 좋은 냄새가 난다. 할아버지의 아틀리에에서 나던 냄새가 떠오른다. 할아버지는 그곳에서 항아리 가운데 손을 넣고 돌려 광대뼈를 키워올리고 눈을 확대시키고 콧구멍을 파고 코의 윤곽을 잡고 이마를 평평하게 만들고 입술을 잡아늘이고 턱을 불룩 튀어나오게 해서 사람의 얼굴을 빚었었다. 그렇다. 이건 솜씨 좋은 장인의 작업에서 나는 냄새다.

어렸을 때 나는 할아버지가 아틀리에에서 재료를 길들여 인간의 형상을 부여하며 빚는 모습을 몇 시간씩 지켜보았다. 무형의 진흙덩어리에서 차츰 모습을 드러내던 인간의 형상은 내게 강렬한 인상을 남겼다. 그런데 오늘은 그 진흙으로 되돌아가는 인간의 형상이 바로 나인 것이다. 진흙 속에 처박혀 형체를 잃어가는 것이 바로 내 얼굴인 것이다.

이 와해의 감각은 신선하고 유쾌하기까지 하다. 죽 더미같이 뭉그러지는 쾌감이 있다.

죽는다는 것이 이런 것임은 몰랐었다. 어리석게도 죽음은 고통스러운 것이고 모든 시체는 딱딱하게 굳는다고만 상상했었다. 이제는 죽음이 물렁하고 스펀지처럼 푹신거린다는 것을 안다. 정말이지 후회는 없다.

한 가지 운이 좋았던 것이 있다. 이제 막 끝나버린 여름이 남긴 유산 덕분에 물이 그리 차지 않다는 것이다. 물론 깨끗하지도 않고 때로 변덕스럽기도 하지만, 살을 쓰다듬는 듯한 부드러운 느낌을 준다. 썰물이 나를 살짝 흔들고 간다. 오른쪽 귀에서 물이 가볍게 찰랑거리는 소리가 난다. 이 자장가 같은 토닥임이 멈추지 않았으면 좋겠다.

심각하고도 놀란 표정으로 다가오고 있는 유니폼을 입은 이 사람들은 대체 누구인가? 아무 소리도 내지 않는데 입술은 기이하게 일그러져 있고, 손은 허리에 올라가 있고, 알아내지 못할 것이 분명한 해답을 찾느라 모자를 들어올려 나를 보는 이 사람들은? 그로테스크하게 권위적이고 무식해 보이며 몸짓은 기계적이고 어색한 이 사람들은? 그들은 수수께끼라도 되는 양 나를 응시하고 있다. 그렇지만 나는 평범하기 그지없는 보통 젊은이일 뿐이다.

왜 이들은 마치 관을 구입할 준비를 하는 것처럼, 내 몸의 치수를 재고 사진을 찍고 여러 각도로 나를 관찰하고 얼굴을 찡그린 채 체크무늬로 줄이 쳐진 수첩에 뭔가를 갈겨쓰는 것인가?

대체 왜? 그들이 나를 붙잡는다. 내 팔을 움켜쥔다. 그렇지만 무슨 권리로 이런 짓을 하는가? 왜 이토록 무례한 행동을 하는가? 나는 그들에게 아무것도 허락한 적이 없다. 내 몸을 건드려도 좋다고 허락한 적은 더더욱 없다. 게다가 그들의 손은 두툼하다. 나는 두툼한 손과 순대같이 퉁퉁한 손가락, 기름진 피부가 싫다.

이제 내가 등을 땅에 대고 똑바로 누운 상태가 되자 이들의 작업은 더욱 순조롭게 진척된다. 목덜미 주위로 물결의 움직임이 느껴진다. 내 기다란 머리카락이 물결을 따라 움직이며 한쪽 볼을 간질인다. 그런데도 그들은 흐뭇하고 만족한 듯 보인다.

그런데 그중 한 명의 표정이 이상하다. 얼굴이 새하얗게 질려 그는 내게서 고개를 돌리고 있다. 구토가 치미는 모양이다. 곧 토악질을 하든지 기절하든지 할 판이다. 누군가 이자의 상태를 알아차리고 돌봐주어야 할 텐데! 아니, 그렇지 않다. 그는 혈색을 되찾고 다시 내 쪽으로 몸을 돌려 굳은 시선으로 나를 똑바로 바라본다. 그러나 그가 울음을 터뜨리기 일보 직전이라는 것을 알 수 있다. 불쌍한 경찰 양반 같으니…… 그러니까 내가 그토록 당신을 무섭게 했단 말이지?

안나

전화가 왔다. 경찰이다. 전화의 목소리는 아무 감정이 없고 가라앉아 있었다. '익사' '시체' '신고' '추측' 같은 단어들이 들려왔다.

마지막으로 전화의 목소리는 내게 주소 하나를 알려주고는 '육신을 확인'해야 하니 '지체 없이' 와달라고 청했다.

마지막 문장을 정확히 기억할 수는 없지만, 어딘지 모르게 사무적인 뉘앙스를 풍기는 표현이었다. 연인들이 사랑을 속삭일 때 쓰는 말이 될 수도 있었을 텐데.

이제 나는 이들, 경찰들 앞에 있다.

우선 그들이 내게 기대하고 있는 것이 무엇인지 모르겠다. 내 신원을 확인하고 싶어하는 것 같기도 하고, 내 기분이 어떤지 알고 싶어하는 것 같기도 하다. 그들의 조심성 없는 질문에 나도 되는대로 대답한다.

그들은 유감을 표현하는 것인지 피곤에 지친 것인지 모를 간단한 눈짓으로 어떤 방을 가리킨다. 하지만 내가 그 방으로 따라 들어가지 않자, 그들은 큰 소리로 퉁명스럽게 말한다. 소리를 질러 명령을 내린다. 명령이 아니라고 해도, 모든 단어가 관자놀이 사이에서 쩌렁쩌렁 울리고 있는 것으로 봐서 적어도 소리를 지른 것은 분명하다. 어쩌면 단지 목청을 조금 높인 것뿐인지도 모른다. 무엇이 현실이고, 무엇이 내가 지어낸 것인지 더는 구분할 수 없다.

나는 그들의 뒤를 따른다. 우리가 들어간 방은 매우 크고 서늘하고 깨끗하고 조용하다. 초록색과 흰색이 주조를 이루고 있다. 어쨌든 공격적인 색깔은 없다. 전체적으로 파스텔 톤이라 할 수 있겠다. 한 시간 후면 나는 아마 이 모든 것을 잊게 될 것이다. 아무것도 확신할 수 없게 될 것이다.

방 한구석에 바퀴가 달린 테이블이 있다. 바퀴가 아주 선명하게 보인다. 테이블의 철제 다리도 보인다. 테이블 위에는 형체를 알 수 없는 더미가 시트로 덮여 있다. 시트는 흰색이다. 그렇지만 엄마의 시트와 같은 흰색이 아니라 병원의 시트와 같은 흰색이다. 게다가 내가 볼 수 있는 쪽으로 늘어진 시트 가두리는 빨

간색으로 둘러져 있다.

그들이 괜찮겠냐고 다시 묻는다. 나는 그렇다는 뜻으로 고개를 끄덕인다. 그들은 내 말을 믿지 않는 것 같다. 하지만 내 다리는 잘 버텨주고 있다. 몸이 조금 떨리기는 하지만, 그것은 방 안이 몹시 싸늘하기 때문일 것이다.

그들이 이제 시트를 걷겠다고, 시체가 오랫동안 물속에 있었기 때문에 부패하고 부풀어 형체가 일그러졌다고, 용기를 내라고 일러준다. 그들의 목소리가 어렴풋하게 들려온다. 그들은 저 멀리 있는 것만 같고 너무나 비현실적이다.

나는 나른한 분위기에 몸을 맡긴다. 이상하게도 보호받는 기분이 든다.

시트가 젖혀지고 갑자기 부패한 볼, 부풀어오른 눈꺼풀, 여기저기 갈라진 피부, 터져버린 혈관, 이 방의 색처럼 푸르죽죽한 색과 뒤얽힌 하얀 얼굴이 무거운 짐짝처럼 눈앞에 날아든다. 의심의 여지가 없다. 루카다.

그가 나를 향해 웃고 있는 것 같다. 나도 웃음을 지어 보인다. 달리 어쩔 도리가 없다. 경찰들은 내가 왜 웃는지 이해하지 못하는 것 같다. 분명 미쳤다고 생각할 것이다.

어쩌면 나를 살인 용의자라고 생각할 수도 있다.

부패한 시체에서 풍기는 냄새가 웃음을 거두어간다. 악취 때문에 몸이 비틀거린다. 경찰 한 명이 팔을 잡아 부축해주면서 의자에 앉겠느냐고 묻는다. 특별히 그러고 싶은 마음이 없었으므로 나는 아무런 의사 표현도 하지 않는다.

레오

루카에게서 소식이 끊어진 지 곧 일주일이 된다. 휴대전화도 계속 연결되지 않는다. 전화를 걸 때마다 곧장 음성사서함으로 넘어간다. 나는 메시지를 남기지 않는다. 루카가 절대 그러지 말라고 했고 나는 그의 말에 잘 따르는 편이다.

이 침묵은 정말이지 루카와 어울리지 않는다. 나는 루카에 대한 모든 것을, 아니 거의 모든 것을 알고 있다. 그의 무기력함, 결국 타협하고 마는 약한 의지, 굳게 결심하고 해보는 단념. 그렇지만 결국은 짐짓 느긋한 체하는 목소리로 전화를 걸어오거나 꼬리를 내리고 슬금슬금 되돌아오고 만다. 이렇게까지 오랫동안 도망가 있는 것은 극히 드문 일이다.

물론 걱정해야 마땅할 것이다. 그렇지만 그건 정말이지 내 스타일이 아니다. 그리고 나는 루카의 엄마가 아니다. 만일 나를 겁주려는 거라면 헛짚었다. 어쨌든 나는 애인이 며칠 소식을 끊었다고 해서 철길에 몸을 내던지는 인간이 아니다. 그렇게 생각했다면 나를 잘못 알았다.

나는 철길에 몸을 내던지는 대신 철길을 바라본다. 기차들이 출발하고 도착하는 것을 바라보고 녹슨 철로를 바라본다. 나는 늘 녹을 좋아했다.

내 일과는 이곳, 기차역에서 이루어진다.

나는 이 빠진 창으로 밀려드는 바람을 맞으면서 건물 입구의 녹슨 배관 근처에 서 있다. 사람들이 남기고 가고 대기중의 공기가 옮겨놓는 피렌체 역의 더러움을 관찰한다. 감자튀김과 오줌과 석유가 뒤섞인 냄새도 맡는다. 역 안의 모든 것을 덮어버리고 마침내 살갗에 내려와 앉는 두꺼운 회색 먼지의 더께를 본다. 이 리저리 날리는 신문지들, 넘쳐나는 쓰레기통들, 바닥에 어지럽게 흩어져 있는 샌드위치 포장지들, 사람들이 남기고 간 온갖 무질서를 본다. 이런 흔해빠진 추한 광경을 좋아하는 내 취향은 확실히, 어딘가 불건전하다.

나는 역의 다급한 분위기와 쉴새없는 움직임에 익숙하다. 막 출발하려는 기차를 따라잡기 위해 허둥지둥 뛰는 사람들, 당황한 사람들, 집으로 가기 위해 서둘러 기차에서 내리는 사람들,

기차를 잘못 탄 사람들, '자신의' 플랫폼을 찾기 위해 왔다갔다 하는 사람들, 바로 옆에서 걷고 있는 사람들을 보지 않고 부주의하게 걷다가 남의 발을 밟는 사람들, 많은 사람들에게 둘러싸이고 부딪치는 가운데 느끼는 기이한 고독.

나는 아마도 평생에 지금 이 순간 단 한 번 서로 부딪치고 스쳐 지나가게 될 사람들을 바라본다. 짧은 순간 가까워졌다가 곧 영원히 이별하는 만남들을 목도한다.

어느 날, 이 익명의 군중 속에서 루카가 빠져나와 나를 향해 걸어왔다. 그랬다. 루카는 매우 차분한 표정으로 나를 향해 단호하게 걸어왔다. 나는 루카의 거만하지 않으면서도 선언이라도 하는 듯한 당당함에 강한 인상을 받았다. 긴 머리카락이 어깨까지 내려와 있었다. 얼굴은 파졸리니 영화에 나오는 길 잃은 예수 같았다.

루카는 내 앞에 와서 이렇게 말했을 뿐이다.

'내 이름은 루카야.'

반드시 루카에게서 전화가 올 것이다.

루카

누군가 내 주위를 맴돌고 있다. 피부가 울퉁불퉁하고 두꺼운 안경을 쓴, 나이를 짐작할 수 없는 사내다. 이마에는 땀이 맺혀 있고 입에서는 마늘 냄새가 난다. 올리브그린의 우스꽝스러운 모자를 쓰고 있다. 모자의 재질은 천이라기보다는 종이에 가깝다. 모자와 같은 재질의 웃옷은 놀이공원에서 무료로 나눠주는 바람막이용 덧옷을 연상시킨다. 사내의 정수리 위로 천장에 매달려 있는 둥글고 하얀 불빛 세 개가 보인다. 태양 세 개가 모여 있는 것 같다. 눈이 부셔 정면으로 볼 수는 없지만 인공적인 온기를 발산하고 있다. 불빛 속에서 먼지들이 내 주위를 분주하게 떠다니고 있다. 이 비현실적인 공간에는 우리 둘뿐이다. 사내가 내 주위를 맴돌고 있다.

춤을 추는 발동작은 아니다. 사내는 그 정도로 우아하지 않다. 차라리 전투를 앞두고 탐색전을 하고 있는 것 같다고나 할까? 그러나 나는 그의 주위를 맴돌지 않는다. 꼼짝하지 않고 철제 침대에 누워 있을 뿐이다. 게다가 등에는 금속의 차가운 기운이 느껴진다. 팔은 옆구리에 가지런히 놓여 있고, 머리카락은 목을 드러내기 위해 위로 올려져 있다. 나는 실오라기 하나 걸치지 않은 알몸이다. 몸 여기저기에 부풀어오르고 긁힌 상처와 피멍이 보인다. 볼은 여전히 근질거린다. 왜 이 남자는 침대에 벌거벗고 누워 있는 내 주위를 맴도는 걸까?

이 남자와 같이 잔다는 것은 말도 안 된다. 만약 수상쩍은 짓을 하려고 들면 나는 소리를 질러 도움을 청할 것이다. 나를 구하러 올 사마리아인들이 근처 어딘가에 있을 것이다. 세 개의 태양, 빙글빙글 맴돌며 떠다니는 먼지, 올리브그린이 여전히 눈앞에 있다.

사내는 뭔가를 적고 있다. 맹세컨대, 이 사내도 먼저 그 경찰들처럼 뭔가를 적고 있다. 손가락이 자주 닿는 가장자리가 시커메진, 딱딱한 나무판에 끼워진 서류에 뭔가를 갈겨쓰고 있다. 나에 관한 내용임이 틀림없다. 어쨌든 움직이지도 못한 채 이렇게 누워 퉁퉁한 화성인의 탐색하는 듯한 시선을 견뎌내야 하는 것은 여간 성가신 일이 아니다. 무엇을 적는 걸까? 성기의 크기?

26

손톱의 청결상태? 오토바이 사고가 남긴 상처의 길이? 도대체 무엇인가? 만일 몸이 이렇게 마비되지만 않았더라면 분명히 사내와 서류를 후려쳐 날려버렸을 것이다.

그가 필기한 서류를 제자리에 가져다놓고 다시 다가온다. 이번에는 메스로 무장하고 있다. 믿을 수가 없다! 메스라니! 그러더니 말없이 메스를 내 흉골 높이에 갖다대고 단번에 터럭까지 미끄러뜨려 긋는다. 고개를 기울일 수 없어서 아무것도 볼 수는 없지만 따끔거리는 것은 분명히 느낄 수 있다. 이 사내는 지금 문자 그대로 나를 절개하는 중인 것이다. 잘게 썰어버리기라도 하려는 건가?

그는 전력을 다해 일을 계속한다. 알고 보니 우리의 화성인에게는 불굴의 의지가 있다. 자르고 가르고 꺼내 올리고 휘휘 저어 들어올려보고 다시 담그고 이리저리 위치를 옮기고 다시 자르고 재단해 붙여둔다. 메스의 날은 날씬하고 잘 단련되어 있으며 날렵하다. 메스 날이 몸에 닿을 때마다 약간은 간지럽다. 그러나 아무리 메스를 휘둘러대도 아프지는 않다.

단지 내장에서 풍기는 악취와 창자를 젖힐 때 나는 요상하고 고약한 냄새 때문에 거북할 뿐이다. 냄새에서 벗어나야 한다. 그래, 집을 나서면서 거실 탁자 위의 꽃병에 꽂아둔 장미를 생각해보자. 장미는 안나가 가지고 온 것이었다. 안나는 집 아래쪽 시장에서 발견한 튤립을 살까 했다고 말했었다. 그렇지만 튤립은 향기가 없다. 이런, 향기 없는 꽃 생각을 하고 있다니.

　돌팔이가 좋았던 기억을 떠올리게 해주었다. 그는 이제 바늘과 실을 집어들고 꿰매기 시작한다. 열린 상처들을 바싹 붙여 다시 봉합하기 위해 내 몸 위로 부지런히 오가는 실이 느껴진다. 개복開腹이 신중하고 조심스럽게 진행되었던 만큼이나 폐복閉腹은 신속하게 대강대강 이루어진다. 이 엉성한 바느질과 맵시 없는 이음새로 봉합된 나는 과연 어떤 모습을 하고 있을까?

　비대한 사내에게 이 모든 것이 나를 조금도 아프게 하지 않았다고 말할 수도 있을 것이다. 하지만 정말 대화하고 싶지 않다. 더구나 결국 이 사내도 자기가 해야 할 일을 한 것뿐이다. 어쨌든 그가 내 창자들을 관찰하면서 내 안에 있는 수수께끼를 꿰뚫어보았다고 생각한다면 완전히 잘못 생각하고 있는 것이다.

안나

　루카의 부모님과 나는 부검을 막아보려 했지만, 우리에게는 반대할 권리가 없다고 경찰이 통고해왔다. 그들의 말을 믿는 수밖에 달리 어쩔 도리가 없었다. 그들의 말에 따르면 이런 종류의 사망에는 부검하는 것이 관례이며, 정확한 사망 요인을 밝혀낼 의무가 법으로 명시되어 있다는 것이다.

　정확한 사망 요인.

　루카의 찢어진 폐에서 물 외에 달리 무엇을 찾겠다는 것일까? 마약이나 독극물이라도 발견할 거라고 생각하는 것일까? 청산가리라도 찾겠다는 것인가? 아니면 루카가 물에 빠져죽도록 다리에서 떠민 누군가의 지문이라도 채취할 수 있다고 생각하는 것일까? 경찰의 탈을 쓴 얼간이들 같으니! 살인이라고 의심하는 것은 터무니없는 억측이다.

"평소에 사망자한테 원한이 있는 사람을 다 알 만큼 그와 잘 아는 사이입니까?"

별도로 주어진 교활한 질문이 은밀한 톤으로 등에 꽂히는 비수처럼 일격을 가한다. 물론이다. 그것도 아주아주 잘 아는 사이.

"평소 아가씨한테 숨기는 것이 전혀 없었습니까?"

그렇다. 아무것도 숨기지 않았다. 하지만 어떻게 그것을 확신할 수 있겠는가?

이들은 아주 세련되게 의문을 드러내고 의혹을 제시할 줄 안다. '수사 방향의 단서'를 잡겠다는 미명하에, 갖가지 어처구니없는 가능성들을 던져본다. 나는 루카가 살해된 것이 아니라고 확신하지만, 물론 이들에게 그것을 증명해 보일 방법은 없다. 그저 이런 대답이나 듣고 있는 수밖에 없다.

"아가씨는 살해 가능성이 없다는 것을 증명할 수 없습니다. 부검만이 우리에게 필요한 정보를 정확히 제시해줄 방법입니다."

부검. 푸줏간.

"우리도 단순 사고일 거라고 추측하고는 있습니다."

단순 사고. 내 삶 전체가 뒤죽박죽이 된다.

"다리에서 실족했거나 강가를 산책하다가 미끄러졌을 가능성이 크니까요. 이제 곧 정확한 사망 날짜와 시간이 나오면 십중팔구 어디에서 익사했는지도 알 수 있을 겁니다. 우리는 물살의 세기와 아르노 강에 떠밀려오는 흙의 성분을 정리한 매우 면밀한 자료를 보유하고 있으니까요. 여기에 부검은 아주 귀중한 정보가 될 겁니다."

아주 귀중하다고? 이 세상에서 귀중한 것은 오로지 목숨뿐이다. 형용사는 신중하게 사용해야 한다.

나는 이제 우리가 모든 것을 알게 되고 분석할 수 있게 되며 미결 상태로 남는 것은 아무것도 없으리라는 것을, 부검만이 진실의 든든한 오른팔이라는 것을 알게 되었다.

"그렇지 않으면 자살일 수도 있습니다. 사망자의 몸에서 발견된 유독 성분으로 미루어보아 자살 가능성도 배제할 수 없으니까요."

따귀 한 대. 나는 정말 따귀를 맞기라도 한 것처럼 고개를 돌린다. 한 손으로 뺨을 어루만져본다. 뺨이 따귀를 맞아 붉어졌을 것만 같다. 얼굴이 달아오른다. 가까스로 용기를 내어 다시 경찰들을 마주 본다. 그들의 눈에서 금속성의 광채가, 용솟음치는 증오가, 더할 수 없는 악의가 번뜩인다. 한 마디도 뱉어낼 수가 없다.

자살? 차라리 살해된 편이 나을 것이다.

한 장면이 떠오른다. 루카가 강물에 몸을 던져 차가운 물속에 버티고 서 있으려고 애쓴다. 물살이 그의 몸을 떠밀고, 머리가 장애물에 부딪힌다. 피가 뺨으로 흘러내리다가 차가운 물속으로 연기처럼 증발한다.

아니다. 자살은 아니다.

레오

바보, 루카가 죽었다!

더구나 이런 소식을 〈라 레푸블리카〉의 부고란을 보고 알게 되다니!

오늘 아침, 신문 한 부가 역의 간이 바bar 계산대 위에 굴러다니고 있었다. 첫눈에 다른 이름들과 조금 떨어져 굵은 글씨로 인쇄된 이름 하나가 보였고, 주의를 끌었다.

분명 그의 이름이다.

'양친 수산나 살리에리와 주세페 살리에리, 갈가노 키에자와 델라 키에자 가족, 약혼녀 안나 모란테는 비통한 심정으로 루카 살리에리가 스물아홉 살의 나이로 갑작스럽게 사망했음을 알립니다.

장례미사는 피렌체의 카르미네 광장에 위치한 산타마리아 델 카르미네 성당에서 9월 26일 오후 두시에 거행될 예정입니다.

하관식은 같은 날, 트레스피아노 묘지에서 있습니다.

화환이나 꽃다발은 사양합니다.

본 안내문으로 부고장을 대신합니다.'

바보 같은 자식!

그나마 분노가 계속 서 있을 수 있도록 나를 지탱해주고 있다. 분노가 없었다면 틀림없이 비틀거렸을 것이다. 나는 꿋꿋하게 버티고 싶다. 가슴이 뛴다. 관자놀이에서 심장이 두근거리는 소리가 들리고 피가 몰린다. 가슴이 터질 것 같고 머리가 아프다. 다리가 후들거리고 신경이 날카로워진다. 누가 살짝 건드리기만 해도 무릎이 꺾일 것이다. 하지만 나는 무릎을 꿇는 그런 인간이 아니다. 그러려면 엎어질 만큼 흥미로운 뭔가가 눈앞에 있어야 한다.

분노하고 열받은 이 상태를 유지해야 한다. 그래야 계속 걸을 수 있다. 나는 주머니에 손을 넣고 껑충껑충 뛴다. 셔츠에 달린 모자의 끈이 뺨을 때린다. 뭉친 근육을 풀기 위해 목을 이리저리 돌린다. 주변에 있던 녀석들이 내가 동요한 것에 관심을 보이지만, 나는 아무 대답도 하지 않는다. 어떤 말도 허용하지 않겠다는 듯, 험악한 눈빛만 지어 보인다. 그러자 녀석들은 아래로 시선을 떨어뜨리고 헛기침을 한다. 나는 계속 껑충껑충 뛴다.

담배 한 개비를 꺼내 문다. 재가 빨갛게 타오른다. 필터 끝을 잘근잘근 깨문다. 징징거리지 말자. 절대로 징징거리지 말자.

무슨 이런 개 같은 경우가 있어! 나도 내가 항상 음지에 있었다는 것, 언제나 열외였다는 것, 아무도 내게 소식을 전할 생각을 할 수 없다는 것쯤은 잘 안다. 하지만 이런 소식을 신문을 통해 알게 된다는 것은 정말이지 열받는 일이라는 것을 고백해야겠다.

물론 근사한 봉투에 들어 있는 부고장을 기대한 것은 아니지만 이런 종류의 소식을 전해듣는 덜 거친 방법이 있었을 것이다.

사실 내가 받아들일 수 없는 것은 루카의 죽음이다. 신문 부고란을 두고 횡설수설해댄 것은 문제의 핵심을 피하기 위해서였다. 핵심, 그건 이제 다시는 루카를 볼 수 없다는 것이다. 나는 아주 어렸을 때부터 핵심을 우회할 대체물을 필요로 했었다.

대체 무슨 일이 일어난 거지? 〈라 레푸블리카〉에는 아무 설명도 나와 있지 않다. 심지어 '사고사事故死'라는 언급도 없다. 이걸 어떻게 생각해야 한단 말인가? 나는 그저 고통스러워할 수밖에 없는가? 빌어먹게 고통스러워하기만? 머리통이 참을 수 없이 지끈거린다. 벌써 담배도 바닥났다. 산드로가 자기 담배 한 대를 내밀고 불을 붙여준다. 그리고 내 얼굴을 만지고 쓰다듬고 싶다는 듯 오래도록 얼굴 가까이에서 손을 거두지 않는다. 나를 보호하려는 듯한 다정한 제스처다. 나는 눈앞에 있는 산드로의 손을 바라본다. 그 속에 얼굴을 파묻고 싶지만, 물론 참는다.

징징거리지 말자.

루카

이곳도 엄격하게 치워지고 소독된, 이전과 종류가 같은 방이다. 그러나 이번에는 땀 흘리는 비대한 사내가 아니라 젊은 여자가 내 옆에 있다. 서른 살쯤 돼 보이는 여자는 여유롭고 부드러운 표정을 짓고 있다. 이제 나는 철제 침대에 발가벗고 누워 다른 사람의 시선을 받는 데 익숙해졌다. 그러나 이왕 그래야 한다면 지금 내게 몸을 기울이고 있는 이 초록색 시선이 더 좋다. 나는 늘 젊은 여자들이 내게 몸을 기울이는 것을 좋아했었다.

마치 에로틱한 꿈을 꾸고 있는 것 같다. 여자는 아래위로 흰옷을 입고 있다. 몸에 꼭 맞는 상의가 가슴을 조여 가슴골이 선명하고 젖이 불룩 튀어나왔다. 여자는 왼쪽 젖에 까만 점이 있다. 맹세컨대 거짓말이 아니다. 이 부위에 점이 있는 여자들은 미리

점수를 따고 들어가는 것이다. 내 말에 동의하지 않는 남자는 아마 없을 것이다.

여자에게서는 라벤더 향이 섞인 냄새가 난다. 실은 비누 냄새다. 즉 샤워 냄새다. 갑자기 이 여자와 함께 샤워하고 싶다는 욕망이 인다. 에로틱한 꿈이 계속된다.

여자가 발끝에서 어깨까지 나를 덮고 있던 시트를 걷자, 흉터와 이리저리 얽히고설킨 실, 채 핏자국이 가시지 않은 상처, 벌어진 상처 가장자리에 붙어 있는 딱지, 부풀어오른 자리, 물집들이 드러난다. 하지만 여자는 조금도 주춤하는 기색이 없다. 눈에서도 한 치의 놀람이나 당황스러움 또는 혐오감을 찾아볼 수 없다. 끔찍한 광경이 익숙하구나, 이 여자는.

여자가 비닐장갑을 끼고 종이마스크의 고무줄을 귀 뒤에 건다. 수술실에서나 볼 수 있는 이런 동작이 관능적일 수도 있다는 것이 놀라울 뿐이다. 이제 여자의 입술은 보이지 않는다. 콧등의 위쪽 끝과 아주 부드러운 초록색 눈만 보일 뿐이다. 머리카락 한 올이 여자의 오른쪽 눈꺼풀 위로 떨어진다. 이 광경은 순식간에 나를 안나에게로 데려간다. 눈꺼풀 위에 머리카락 한 올이 내려와 있는 모습은 영락없이 안나다.

젊은 여자는 내 볼에 왼손을 살짝 얹는다. 드디어! 얼마나 오랫동안 이곳이 근질거렸던가! 다른 한 손으로는 주사기를 집어들더니 고름이 차 있는 부분 가까이에 바짝 들이댄다. 차가운 액체가 살갗 밑으로 스며들어 피부가 이완되는 동시에 다시 탄탄해진다. 이 메스의 마술사는 신뢰할 수 있겠다는 생각이 든다.

여자는 한 시간도 더 넘게 잘라내고 닦고 윤을 내고 파내고 다시 맞추고 토닥이고 지우고 감추는 작업을 계속한다. 여자의 손이 미치는 곳에는 붓, 유약, 향유, 연고, 파우더 등 수많은 도구가 있다. 마침내 흉터와 꿰맨 흔적, 균열, 금, 부어오른 자리들이 말끔히 처리되고 완전히 새로운 몸이 탄생한다. 거의 때 묻지 않은 순백의, 완벽에 가까운 모습이다.

젊은 여자가 내 머리카락을 모아 어깨 위로 가지런히 내린다. 지금 내게 십자가만 있다면 그 어느 때보다도 예수와 닮아 있을 것이다. 그렇지만 정말로 죽은 자들에게 신과의 만남이 예정되어 있다면, 나는 머지않아 신을 만나게 될 것이다.

여자가 마지막으로 내 눈 주위를 솜으로 두드린다. 최종 손질이다. 그리고 거의 종교적이라 할 수 있을 침묵이 흐르던 방 안에 부스럭거리는 소리를 내며 장갑을 벗더니 한 발 물러나 그림을 감상하듯 나를 관찰한다. 자신의 작품에 흐뭇해하고 있는 것 같다. 염장이는 예술가다.

안나

가장 행정적인 절차들, 가장 실질적인 문제들, 가장 구체적인 형식들에 전력을 다하다. 사무적이고 계획적이고 정확하게 일을 처리하다. 두번째로 부고기사를 싣기 위해 신문사에 가다. 필요한 모든 문제를 알려주고 모든 문제에 대한 해답을 알고 있는 장 의사와 가까워지다.

염습이 진행중이다. 루카의 부모님이 특히 신경쓰는 부분이다. 그분들은 마지막으로 온전한 당신 자식의 모습을 보고 싶어한다. 그래서 사람들에게 마치 아무 일도 없었던 듯 순결함을 되찾은 루카의 몸을 보여주기를 바란다. 관은 참나무로 짠 것으로 육중하고 호사스럽고 묵직하고 위풍당당한 것이 될 것이다. 틀림없이 한눈에 보기에도 약간은 번드레할 것이다. 무엇보다 찬란한 금빛일 것이다. 어쨌든 가족은 체면을 유지해야 한다. 꽃은 없을 것이다. 꽃은 안 된다. 사람을 실신하게 하고 두통을 일으키는 향기와, 장례식이라기보다는 결혼식을 연상시키는 흰색이 넘쳐나는 것은 금물이다. 의식은 물론 간소하게 치르겠지만, 감동적인 연설로 사람들의 눈물을 빼놓는 법을 아는 신부가 닳고 닳은 설교를 할 것이다. 종교적이고도 온갖 좋은 말들로 가득 찬. 매장 허가증은? 물론 받아두었다. 경찰들은 여전히 부검 결과를 통보하지 않았지만 매장 허가증만큼은 발부해주었다. 모든 것이 순리대로 준비되고 있다. 이제는 무너져 우는 일만 남았다.

아니다. 아직도 보험회사에 신고해야 할 일과 작성해야 할 서류들, 수십 톤의 문건들과 서명들, 결재해야 할 일들, 그밖에 잊어버리고 하지 않은 모든 일이 남았다.

또 직접 소식을 전해야 하는 사람들도 있다. 모두가 신문을 보는 것은 아니니까. 친구들, 가까운 사람들 혹은 먼 사람들. 늘 같은 말의 반복이다. '루카가 죽었어요…… 익사요…… 네, 끔찍해요…… 비극이에요…… 네, 그렇게 젊은 나이에……' 돌아오는 말도 항상 같다. '삼가 조의…… 진심으로…… 무슨 일이든지 필요하시면…… 장례식에 꼭 갈게요……'

이제 드디어 와르르 무너질 수 있다. 뜨거운 눈물을 흘리며 온

몸으로 올 차례다. 아니, 아직도 전화가 오고 편지와 전보가 온다. 꽃도 배달된다. 누구나 신문을 읽는 것은 아니니까.

꽃은, 참을 수가 없다. 다시는 꽃이 좋아지지 않을 것 같다. 집 안에 있는 꽃병을 모두 버려야겠다.

이제 루카가 없는 아파트에 혼자 남았다는 생각과 빈 방의 침묵 한가운데를 걷고 있다는 생각에 소스라치다. 한편으로는 추호의 역설적 의미 없이 완전히 혼자가 되고 싶다고, 아무도 보고 싶지 않다고 생각하다. 전화선을 뽑고 문을 잠그고 아무것에도 신경쓰지 않은 채, 이대로 소파에 쓰러지고 늘어져 엄습하는 슬픔과 고통에 온몸을 맡기다. '진짜 고통'이 무엇인지 알게 되다.

그러므로 다시 서커스를 시작하다. 전화선을 도로 연결하고 문을 열고 사람들과 이야기하고 담판을 짓고 가격을 협상하고 장례식에 관한 모든 세부사항을 점검하고 시부모님이나 다름없는 루카 부모님의 대책 없이 넋 나간 모습과 마주해 조랑말처럼 꿋꿋한 모습을 보여주고 가끔은 지치고 경직되어 이내 사라지게 될 웃음을 보이기도 하며 기계적으로 일을 처리하다. 누군가는 해야 할 일들이기 때문이다. 혼자 있지 않기. 공포가 엄습하지 않도록 막기.

다시 모두에게서 벗어나 평화롭고 고요한 가운데 혼자가 되고 싶다.

이 두 가지 생각 사이의 줄타기 때문에 돌아버릴 지경이지만 이것만이 지금 내 삶을 지탱하는 유일한 힘이다.

레오

나는 역에 나와 있다는 것, 역의 남자라는 사실이 떳떳하다고 주장하지는 않는다. 나도 내가 무슨 일을 하고 있는지는 잘 안다. 권태 때문이라거나 할 일이 없어서라고 설명할 수도 있을 것이다. 그러나 내가 이곳에 나와 있는 것은 그것과는 다른 이유 때문이다. 나는 단지 먹고살기 위해 이곳에 나온다.

내 주위에는 아직 소년티도 채 벗지 못한 녀석들이 건물 기둥에 망가진 몸을 기대 쉬기도 하고 몸값을 흥정하기도 한다. 우리는 열댓 명쯤 된다. 그중 나는 나이가 많은 축에 속한다. 스물두 살. 곧 스물세 살이 된다. 우리는 대화를 나누지 않는다. 단지 모여서 선택받기를 기다리고 있을 뿐.

처음의 긴장은 완전히 사라졌다. 긴장은 평범하고 보잘것없는 상업적 거래에 자리를 내준 지 오래다. 처음 몇 주간은 손님들의 시선을 피했지만, 지금은 오히려 그들의 시선을 자극한다. 시선을 끌어야 돈도 따라온다.

이런 식이다. 손님들이 다가오면 나는 역 화장실로 따라오라고 말하고 나서 몇 해에 걸쳐 단련된 걸음을 옮기며 앞장선다. 등뒤로 그들이 느껴진다. 다른 사람들이 눈치채지는 않을까 하는 조바심과 수치심과 공포가 느껴진다. 나는 화장실 문 하나를 고갯짓으로 가리킨다. 먼저 키스는 하지 않는다는 것을 분명히 해둔다. 그렇지만 사실 키스해도 상관없다. 가격은 처음에 말이 오갈 때 정해진다. 그들이 떨리는 손으로 지갑에서 꺼내 만지작거리던 돈은 내 청바지 주머니로 옮겨진다. 사내들이 내 몸을 따라 미끄러져 내려와 다리 사이에 얼굴을 묻는다. 바지 단추를 끄르고 서둘러 내 살을 파고든다. 나는 성급하고 서툴고 때로는 난폭하기까지 한 그들의 행동에 익숙하다. 페니스에서 그들의 축축한 입술의 속살이 느껴진다. 이 서투른 연주는 대개 오래 계속되지 않는다. 종종 조급하고 우스꽝스럽게 날림으로 행해진다. 사내들이 몸을 일으키면 나도 청바지를 추스른다. 그들이 이마의 땀과 입가에 묻은 정액을 닦는 것이 보인다. 우리는 시선을 마주치지 않는다. 먼저 문을 나서는 것은 언제나 그들이다. 그러고는 정말이지 재빠르게 군중 속으로 사라져버린다. 그들이 나가고 나서 나는 잠시 기다렸다가 화장실을 나선다. 이때 화장실에 있던 사람들은 조금 전 무슨 일이 벌어졌는지 알아차린다. 심지어 이 곡예를 구경하기 위해 일부러 오는 자들도 있다. 그들은 녹슨 세면대 앞에 서서 숨을 죽인 채 살찐 손에 가느다란 물줄기를 끊임없이 흘려보내고 있다. 나는 그들을 쳐다보지 않는다. 그들도 마찬가지다. 화장실을 나설 때, 퇴락의 장소이자 만남의 장소 입구에 있는 거울에 내 모습이 비쳐도 나는 걸음을 멈추지 않는다. 그대로 곧장 매표소 모퉁이의 내 자리로 돌아간다. 내가 돌아온 것을 보고도, 질문을 던지는 사람은 아무도 없다.

이 곡예는 얼마 되지 않아 곧 일상으로 자리잡았다.

어느 날, 한 젊은 남자가 단호한 걸음걸이로 나를 향해 걸어왔다. 차분한 인상에 긴 머리카락을 어깨까지 늘어뜨린 남자였다. 파솔리니 영화에 나오는 길 잃은 예수 같았다. 그는 단지 이렇게 말했을 뿐이다.

'내 이름은 루카야.'

그가 무엇을 원하는지, 무슨 말을 할지 나는 알 수 없었다.

그러나 바로 그 순간부터 내 인생이 완전히 달라지리라는 것을 알기 위해서는, 전과 같은 것은 아무것도 없으리라는 것을 깨닫기 위해서는, 몇 마디 말이면 충분했다.

오늘 나는 가끔 루카가 나를 만나러 온 작은 호텔 방에서 그의 사망을 알리는 〈라 레푸블리카〉가 낮은 탁자 위에 굴러다니고 있는 것을 보며 머릿속으로 수백 번이나 같은 질문을 되풀이하고 있다.

'루카 살리에리, 대체 무슨 일이야?'

대체 너한테 무슨 일이 생겼길래, 내가 이토록 막막하고 모든 것을 빼앗겨버린 듯 아득해지는 거지?

루카

사람들이 나를 제단 앞에 내려놓았다.

내게는 흰 셔츠와 검은 넥타이, 짙은 색 양복이 입혀졌다. 두 팔은 접혀 배 위에 놓이고 손은 포개어졌다. 두 눈은 감겼고 머리카락은 가지런히 정돈되었다.

이렇게 말하고 나니 일이 참으로 간단해 보인다. 그러나 모르는 사람들은 옷 속에 몸을 쑤셔넣기 위해 내가 겪어야 했던 뒤틀림을 상상조차 할 수 없을 것이다. 겉으로는 포르말린과 파우더만 보이겠지만, 지금 내 손발은 모두 뻣뻣하게 굳어 있다. 아주 편안해 보일지도 모르겠지만, 이런 외양을 얻기 위해 얼마나 거칠게 다루어졌는지 모른다.

머리는 비단베개 위에 얹혀 있다. 너무 편안해서 이대로 잠들 수도 있을 것 같다. 나는 밀랍빛 안색 덕분에 경건한 이미지를 풍길 것이다. 물론 관 속이 비좁아서 몸을 움직이기가 쉽지 않다. 그렇지만 마침 잘된 일이다. 몸을 움직이는 것은 어차피 불가능하니까.

관에서는 신선하고 깨끗한 새것의 냄새가 난다. 이 사각형 틀 속에 안착한 사람은 내가 처음이자 마지막이 될 것이다. 이곳에서 나는 더할 수 없이 편안하다. 특권이라도 얻은 기분이다.

유리창을 통해 햇빛이 스며들어 뺨에 약간의 붉은색과 녹색을 드리운다.

더는 말이 필요 없을 만큼 나는 아주 안정적으로 자리잡았다.

관 양옆에 있는 커다란 샹들리에가 셀 수 없이 많은 양초를 떠받치고 있다. 이 양초들은 끝까지 다 탄 적이 한 번도 없는 것처럼 보인다.

발치에는 학교처럼 나무 벤치가 줄지어 있다. '성당처럼'이라고 말할 수도 있었겠지만 성당에 대한 기억은 희미하다.

그밖에 나머지 부분들을 내가 어떻게 생각하는지 알고 싶은가? 나에게는 이런 종류의 의식에 대해 적개심만 있을 뿐이다. 나는 어떤 신도 믿지 않으며, 모든 종류의 엄숙한 의식은 나를 소름 돋게 한다. 그렇지만 부모님이 이런 종류의 의식이나 금장식, 엄숙함과 전통에 얼마나 집착하는지 알고 있다. 살리에리 가문의 구성원 중 누군가가 죽으면 부모님은 신의 부름을 받았다고 생각한다. 사정이 이러한데 내가 이와 같은 화려한 의식을 어떻게 피할 수 있겠는가? 그러나 부모님을 탓하는 것은 절대 아니다. 이런 의식을 통해서나마 부모님은 초상을 치를 힘을 얻고 슬픈 가운데에서도 덜 외로울 수 있을 것이다.

나는 제단 앞에 놓여 있다. 따라서 장례미사를 지켜볼 수는 없을 것이다. 미사가 홀 중앙에서 거행되는 일은 드물기 때문이다. 아마 연설하는 사람이 누구인지도 모른 채 오로지 목소리만 듣게 될 것이다. 그가 내 이름을 발음할 것이고 내 등뒤에서 내 이력을 읊을 것이며 설교를 늘어놓을 것이다. 내가 볼 수 있는 것은 구경꾼들이 전부일 것이다.

유일한 희망이 있다면, 그것은 그들이 실신하고, 눈물을 흘리며 울부짖고, 소리를 죽여 이야기를 나누고, 곁눈질을 하고, 밭은기침을 하고, 다리를 꼬았다 풀었다 하고, 미사경본을 떨어뜨리고, 아이들이 칭얼거리는 것이다.

날씨가 좋은 것이 유감이다. 유리창을 때리는 빗소리와 문을 두드리며 울부짖는 바람 소리, 성당 중앙 홀의 가느다란 떨림을 듣고 싶었는데.

너무 심심해지면 브랑카치 성당의 벽화를 생각할 것이다. 만화로도 출판된 적이 있는 성 베드로의 일생은 여하튼 대단한 것이다. 하지만 나는 인간의 원죄를 그린 벽화가 더 좋다. 우리가 끊임없이 죗값을 치러야 하는 원죄는 늘 내 관심을 끌었다. 갑자기 천국에서 추방당한 이브의 소리 없는 외침이 내 것일 수도 있겠다는 생각이 든다.

어두운 생각들을 몰아내기 위해 필리피노 리피가 그린 아름다운 얼굴을 떠올린다. 단번에 시선을 사로잡는 감동적인 자화상 속의 얼굴을. 나는 가끔 이 청년의 소녀 같은 얼굴을 감상하러 갔었다. 도톰한 입술과 수줍음인지 경멸인지 모를 감정이 담긴 시선, 가시덤불 같은 머리카락과 다부진 코는 거의 외울 지경이 되었다. 그가 고개를 돌리고 있는 것은 오직 나를 보기 위해서인 것만 같았다. 레오는 이 얼굴을 닮았다.

안나

왜 마지막 날들의 일 분 일 초를 루카와 단둘이 보내지 않은
걸까? 왜 그의 곁에 붙어 있지 않았던 걸까? 왜 나는 그를 차가
운 방의 서랍 속에 버려두고 혼자 집으로 갔을까? 왜 주어진 순
간순간을, 다시는 허락되지 않을 그 시간들을 누리지 않은 걸까?
이제 곧 그를 영원에 빼앗기게 되리라는 것을 알면서도, 어째서
한 번이라도 더 보고 만지지 않았을까?

이 모든 의문이 바로 지금 성당에서, 자신의 마지막 거주지 안
에 누워 있는 루카를 보고 있는 내 머릿속에서 충돌하고 있다.
내가 잘못했다는 것은 너무나 자명한 사실이다.

루카는 아직은 영혼이 아니라 육체다. 왜 나는 이 육체에 달려
들지 않았을까? 왜 마지막으로 그에게 키스하지 않았을까?

시체의 경직된 상태와 악취는 참을 수 있었을 것이다. 나는 나를 잘 안다. 침묵과 부동 상태도 받아들이고 포용할 수 있었을 것이고, 눈을 꼭 감고만 있는 것도 이해할 수 있었을 것이다. 평상시 루카의 잠과 졸음, 눈뜨기 힘겨워하는 아침, 구겨진 시트를 떠올리면서. 기적적으로 다시 매끈해진 루카의 피부를 손가락으로 쓰다듬을 수도 있었을 것이다. 충격으로 경련을 일으키는 한이 있더라도.

어떻게 하면 우리에게 주어진, 함께할 수 있었던 얼마 되지 않는 시간을 놓쳐버렸다는 이 미칠 것 같은 심정에서 벗어날 수 있을까?

어차피 관리인이 문이 잠긴 영안실에 접근하는 것을 금지했을 거라고 생각하면서 마음을 달래본다. 하지만 나는 그럴 수 있는지 알아보지 않았고, 알아볼 생각조차 하지 않았다.

나는 불편한 나무 의자에 앉아 몸을 배배 꼬면서 헤어날 길 없는 자책감에 시달리고 있다. 이 절망과 속수무책과 불행과 참담함은 누구와도 나눌 수 없다.

한 줄기 눈물이 볼을 타고 흐른다. 루카의 어머니가 내 손을 꼭 쥐었다 놓았다가 다시 움켜쥔다. 이 움켜진 두 손 안에 우리의 모든 고통이 담겨 있다.

표류하는 자, 사형선고를 받은 자들의 몸짓.

영락없다. 달리 어떻게 표현할 수 있겠는가.

신부가 설교를 하고 있다. 성직자들이 으레 그렇듯 신부는 몸집이 통통하고 배가 제의 위로 불룩 솟아 있다.

그가 총으로 위협받은 사람처럼 두 팔을 위로 번쩍 들어올린다. 머리는 제단을 향해 기울이고 있다. 그리고 하느님의 말씀을 전한다.

평온하지만, 단조롭고 웅얼거리는 듯한 목소리는 자장가처럼 들린다.

그는 걱정하지 말라고, 우리가 이 땅에서 이끄는 삶과 같은 또다른 삶이 저세상에 존재한다고, 살아 있는 사람들은 죽은 사람들이 지켜주기 때문에 평화롭게 살아갈 수 있는 거라고 주장한다.

신부의 설교를 믿고 싶지만, 내 눈에는 루카의 꼭 감은 두 눈과 잠자는 듯한 모습만 보인다. 그의 확신에 찬 연설에 속아 넘어가고 싶지만, 나는 지금 장례식을 치르는 중이다.

신부에 이어 루카의 아버지가 조사弔詞를 시작하자 사람들이 웅성거리기 시작한다. 호리호리한 몸과 떨리는 손과 창백한 목소리. 그의 조사는 마음속 가장 깊은 곳에서 우러나는 것이다. 이 신사는 꿋꿋하게 버티고 있다. 평소의 쇼맨십은 찾아볼 수 없다. 그렇지만 우리는 불안에 떨면서 그가 무너져내릴 순간을 기다리고 있다. 무너져내리는 것, 이것 외에 달리 무엇을 할 수 있겠는가. 우리는 이 피할 수 없는 재난을 기다린다. 그러나 그는 여전히 몸을 지탱하고 있다. 자신을 초월한 단호한 의지로 버티고 있다. 어떤 신이든 간에 신의 존재를 믿는 사람들은 누구든지 지금 이 순간 그를 부축하고 있는 신의 팔을 볼 것이다.

성당 안에 모인 사람들의 심장은 얼어붙어 있다. 성당 문을 벗어나면 요동치고 부글거리고 숨을 몰아쉬는 피렌체가 있다. 이문 뒤에는 우리를 기다렸다가 따뜻하게 웃어주며 두 팔을 내미는 이탈리아가 있다. 계속해서 돌고 있는 세상이 있다.

그렇지 않다면 미쳐버릴지도 모른다.

레오

가을이 왔는데도 이렇게 포근하다니 믿기 어렵다. 루카에게
남아 있는 지상에서의 마지막 순간에 바랄 것은 이 포근함 말고
는 아무것도 없을 것 같다.

나는 성당 문 앞에 꼼짝하지 않고 서 있다. 성당 문을 밀어젖
히지 않는다. 다른 사람들은 모두 성당 안으로 들어가 얼어붙은
듯 앉아 있다. 좀전에 다들 들어가는 것을 보았지만, 나는 여기
반짝이는 하얀 태양 아래 남아 따뜻한 대기를 음미하고 있다.

나는 두 다리로 버티고 똑바로 서서 주먹 쥔 손을 주머니에 넣
고 있다. 양복을 입고 서서, 영원히 오지 않을, 설명할 수 없는 뭔
가를 기다리고 있다.

나는 초대받지 않았다. 그래서 성당 안으로 들어가지 않는 것

이다. 장례미사에 참석하기로 마음먹고 안으로 들어간다고 해도 내 존재를 알아차리는 사람은 아무도 없을 것이다. 그러니 실은 초대받지 않았기 때문에 들어가지 않는 것은 아니다.

오래전부터 나는 늘 숨겨진 존재, 나타나서는 안 되는 존재였다. 나는 이 비밀에 적응했다. 심지어 이 가장假裝에서 밥벌이 거리를 찾기까지 했다. 몸을 움직여 여기까지 오긴 했지만, 루카의 가족이나 친지들과 마주치고 싶지는 않았다. 그들이 내 얼굴에 침 뱉기를 원하지 않았다. 특히 나도 그들에게 똑같은 짓을 되돌려줘야만 할 것 같은 기분을 느끼고 싶지 않았다.

바보. 갑자기 왜 여기까지 왔는지조차 알 수 없다. 이렇게 밖에 서 있을 거였다면 굳이 몸을 움직이는 수고를 할 필요도 없었다. 아마 나보다 강한 뭔가에 이끌렸었나보다.

절대로 정장을 하지 않는 내가 양복을 걸쳤다면 들어갈 생각을 했다는 것이 아닌가. 비 맞은 닭 같은 쪼다 새끼.

물론 나를 두렵게 하는 것은 여기 모인 사람들이 아니다. 그들은 아니다. 나를 두렵게 하는 것은 바로 루카, 루카다.

잠시 어디 가서 날카로워진 신경을 가라앉혀야겠다. 레푸블리카 광장까지 걸어가 질리 카페에서 한잔하자. 나는 카페테라스에 자리를 잡고 앉아 주로 여자들이 마시는 마티니를 주문한다.

광장 오른편에 한 번도 폐쇄된 적 없는 펜디니 여자 기숙사의 간판이 보인다. 예전에 쪼그라든 손가락으로 '베데커' 여행 안내서를 성서처럼 움켜쥐고 여행하며 이 건물을 드나들었을 영국인 할머니들을 상상해본다. 맞은편에는 친자노의 네온사인이 사람들이 좋아하는 이탈리아의 오래된 전설을 말해주고 있다. 노스탤지어를 불러일으키는 이런 풍경들은 평소 같으면 역겨웠을 테지만 오늘은 나를 안심시킨다.

굵은 웨이브의 갈색 머리카락에 검은 눈동자의 한 남자가 옆자리에 앉아 있다. 그를 보니 역의 후미진 곳에서 성급한 포옹에 몸을 내맡기며 알량한 자만심을 내팽개쳤던 또다른 남자가 떠오른다. 옆자리 남자는 목 아래쪽에 까만 점이 있고 상체는 야위었으며 어깨는 둥글다. 그가 자리에서 일어나자, 살랑거리는 엉덩이가 눈에 들어온다. 루카를 기리는 미사가 진행되는 동안, 나는 이런 사소하고 실질적인 것들에서 아직 살아 있음을 실감한다.

잠시 후에는 시뇨리아 광장의 베키오 궁 발치에 있는 다비드 석상이 내가 살아 있다는 증거가 될 것이다. 모조품에 지나지 않지만, 받침대를 내려다보는 무심한 시선과 우아함의 상징처럼 부드럽게 접힌 팔은 나를 떨게 하기에 충분하다.

소리를 지르지 않기 위해, 내게는 이런 영원불멸의 순간들이 필요하다.

나도 모르게 발길이 다시 산타마리아 델 카르미네 성당의 계단으로 향한다.

　미사가 끝났다. 검은 옷을 입은 모르는 여자와 남자들이 눈물을 닦으며 말없이 서로의 어깨를 껴안은 채 촘촘하게 열을 지어 성당에서 나오고 있다. 그들은 나를 의식하지 않고 내 곁을 지나간다. 오직 젊은 여자 한 명만이 내게 시선을 준다. 루카가 보여주었던 사진 속 여자와 닮았다.

루카

날이 포근하니 정말 좋긴 하다. 보통은 이런 날씨에 결혼식을 하기를 꿈꾸겠지. 나는 이런 포근한 날씨 속에서 장례식을 치르게 되었다.

사람들이 나를 트레스피아노 묘지까지 운반했다. 여정은 그리 길지 않았다. 요즘 영구차들은 온갖 현대적인 안락함을 갖추고 있다. 더구나 이 영구차에는 에어컨까지 설치되어 있다. 죽은 자들은 더위로 고통받을 염려 없이 산뜻하고 쾌적하게 목적지까지 갈 수 있게 되었다.

네 명의 사내가 나를 차에서 꺼내 어깨에 들쳐메자, 황홀할 정도로 기분이 좋아진다. 태양이 달콤한 향유香油처럼 나를 감싼다.

물론 사람들도 모여 있다. 나를 위해 모인 사람들이 내 뒤를 따르고 진심으로 슬퍼하는 듯한 모습을 보는 일은 참으로 인상적이다. 이런 일은 매일 있는 일이 아니다.

자, 이제 희떠운 소리는 그만두고 한 사람 한 사람 살펴보자.

우선 첫 줄에 부모님이 보인다. 이분들은 밀랍 가면을 쓰고 있다. 영원히 벗지 못할 자식 상^喪의 무게에 짓눌려 있다. 부모님에게는 모든 것이 끝이다. 이제 이분들을 기다리고 있는 것은, 오로지 일상이 될 지옥뿐이다.

부모님 옆에 안나도 보인다. 검정 원피스가 아주 잘 어울린다. 검정은 안나의 색이다. 안나에게도 늘 해주었던 말이다. 저기 내 미망인이 되지 않은 안나가 있다. 언젠가 남편이 되어달라고 청했을 때, 내가 거절했기 때문이다. 적어도 죽음 후에 발견될 내 작은 비밀 때문에 화를 당하는 일이 없기를.

다음으로 누가 누구인지 알 수 없는 여러 얼굴들이 르네상스 시대의 그림처럼 한데 보인다. 이중에서 슬픔에 찬 얼굴은 어느 것이고, 의무감에 찬 얼굴은 어느 것일까?

마지막으로 저기 사람들 무리에서 떨어져나와 측백나무에 등을 기대고 서 있는 레오가 보인다. 식이 거행되는 곳 뒤에서 몇 발짝 떨어진 곳에 서 있다. 레오가 오다니, 기분 좋은걸. 그런데 어떻게 소식을 들었을까? 저 우스꽝스러운 양복은 대체 어디서 구한 걸까?

감정이 복받치려는 순간에 나는 또다시 희떠운 소리를 하며 허세를 부리고 있다. 그들이 왔노라, 그들이 여기 모두 모였노라. 이런 노래도 있다. 그들 중 서로 떨어져 있는 안나와 레오의 두 육체만이 내게 영원한 미련을 남길 것이다.

이런, 미처 알아차릴 새도 없이 모든 것이 끝나고 말았다. 사내 둘이 다가와 뚜껑을 들어 관을 덮어버렸다.

이제 볼을 쓰다듬던 부드러운 태양도, 찬란한 빛도, 가볍게 흔들리던 나무도 끝이다. 넘어설 수 없는 암흑, 절대 암흑만이 남았다. 나사가 삐걱거리며 돌아가는 소리만이 남았다. 땅에 판 구멍 속으로 관이 불안정하게 내려가는 일만이 남았다. 관을 내려놓고 올라가는 끈들의 건조한 마찰음만이 남았다. 내 마지막 보금자리 위로 흙이 뿌려지는 둔탁한 소리가 점점 멀어지는 일만이 남았다.

마지막 이 울림은 뭐지? 힘없이 던진 장미가 관에 떨어지는 소리였을까?

안나, 레오, 내가 너희 둘의 모습을 가슴속에 간직하고 떠난다는 것을 제발 알아줘.

안나

사람들이 관 뚜껑을 덮었을 때, 루카의 얼굴이 사라졌을 때, 내게는 오로지 한 가지 생각뿐이었다. 오 년 동안 거의 매일 보던 이 얼굴을 이제 다시는 볼 수 없겠구나. 세상이 끝나는 날까지 보았어야 하는 얼굴인데. 세상은 아직 이렇게 돌아가고 있는데, 이 얼굴은 이제 여기 없구나. 나는 이렇게 단순한 생각만 했을 뿐이다. 이렇게 단순한 생각 외에 달리 어떤 생각을 할 수 있을지 모르겠다. 슬픔은 때로 사람을 퇴화시킨다.

끝은 자연스럽게 시작과 연결된다. 나는 반사적으로 보볼리 공원에서 우리가 처음 만난 날을 떠올렸다. 루카는 라 로자 카페 테라스에 내놓은 하얀 파라솔 그늘 아래 앉아 있었다. 두 눈을 선글라스 뒤에 감추고 있었고, 손에 든 책에 한창 몰두해 있는 것처럼 보였다. 단테 알리기에리의 『신곡』이었다. 어떻게, 잊겠는가?

나는 문과대 학생으로 짐작되는 이 진지해 보이는 청년에게서 강한 인상을 받았다. 나는 바로 옆 테이블에 앉아 있었다. 규칙적으로 몸을 돌려 그의 주의를 끌려고 했지만 그가 내 쪽을 쳐다보지 않았으므로, 마침내 나는 이렇게 말을 걸고 말았다.

"단테가 베아트리체라는 여인한테 홀딱 반해 모든 영감을 그녀한테서 얻었다는 것은 당연히 알고 있겠지?"

그러자 깜짝 놀란 그가 나를 쳐다보더니 짤막하게 대답했다.

"네 이름이 베아트리체가 아니길. 내가 관심 있는 것은 오로지 축구뿐이니까."

그날도 오늘처럼 우리 뒤쪽에서는 측백나무들이 묘지를 지켜주고 있었고 올리브 나무들이 바람에 맞춰 춤을 추고 있었다. 오늘처럼 성당 시계가 오후 네시를 치고 있었고, 그는 좋아하는 것은 축구뿐이라고 주장했었다.

어떻게든 이런 추억들을 몰아내자. 적어도 감상주의와 멜로드라마에서는 벗어나자. 의젓하고 성숙한 여자가 되자. 절망하는 가족을 든든하게 지켜주자. 의연한 얼굴과 엄숙한 냉정함을 잃지 말자. 예식을 끝까지 보장하자. 이런 순간에는 가장하는 것만이 진실을 지탱하는 길임을 명심하자.

내일부터는 감사의 편지를 써야 한다. 절제된 형식을 찾아내 매번 똑같은 표현으로 편지를 쓰고 봉한 다음 우체국에 가야 한다. 이것은 고난의 종착역에 도착하기 위해 건너야 하는 마지막 십자로다. 일처리는 기계적이고 정확해야 한다. 우연이나 어림 짐작, 즉흥적인 수습에 자리를 내주어서는 안 된다. 아마추어처럼 일해놓고 한탄하는 것은 질색이다.

이 모든 것이 너를 웃게 하겠지, 루카? 내 편집증부터 시작해서 완벽하게 일처리를 하는 성향, 무슨 일이든 미루지 못하는 성미, 정리정돈에 대한 집착, 이 모든 것이 너를 웃게 했었지. 나를 만나기 전에는 정리정돈하는 이탈리아 여자를 만나본 적이 없다고 했으니까.

그렇지만 너는 내가 모든 것을 정확하게 제자리에 두고 필요한 것을 금방 찾을 수 있도록 늘 정리정돈에 신경쓴 진짜 이유를 알고 있었지. 그건 자질구레하게 나뒹구는 물건들 때문에 우리가 방해받는 일이 없도록 하기 위해서였다는 것을, 그래서 다른 아무것에도 신경쓰지 않고 오로지 우리 두 사람만 있을 수 있도록 하기 위해서였다는 것을.

하긴 그래도 소용없었어. 어쨌든 내 행동은 너를 웃게 했으니까. 그렇더라도 그 웃음 속에, 서로를 위해 존재했던 우리의 모든 것이 있었어. 안 그래?

레오

위 단추를 풀어 목을 조이던 셔츠의 칼라를 느슨하게 한다. 숨이 막힌다. 매일 넥타이를 매는 자들은 도대체 어떻게 생겨먹은 인간들이지? 이 더위에 어떻게들 견디는 거지? 지금 남의 옷차림을 걱정할 때가 아니다. 정말이지 무슨 생각을 한 건지 모르겠다. 청바지와 티셔츠 차림으로도 고인에게 마지막 경의를 바칠 수는 있었을 것이다.

'마지막 경의를 바친다'? 죽음과 섹스에 관련된 단어들은 익살스러운 방식으로 호환된다.* 만약 지금 농담할 기분이라면, 이것을 아주 재미있다고 생각했을 것이다.

---

* 흔히 남자들 사이에서 여자와 잠자리한 것을 두고 농담 삼아 '그 여자에게 경의를 바쳤다'고 표현한다.

소매에 소나무 송진을 묻히고 말았다. 내가 이렇다. 루카가 옳았다. 그는 나랑은 같이 외출할 수 없다고, 나는 폼나게 데리고 다닐 만한 사람이 아니라고 말했었다.

아무튼 이 많은 사람들이 모여 장례식을 치르는 광경은 꽤나 인상적이다. 장례식이 이들의 보호막이 되고 있다. 내가 이들을 트집잡을 수 없게 될 것이고, 심지어 이들에게서 감동받을 것이기 때문이다.

그렇다 하더라도 나는 그들에게 다가가지는 않는다. 과장해선 안 된다. 그리고 이렇게 물러나 있는 것이, 그늘에 있는 것이 나는 좋다. 피렌체 골목길의 그늘에 숨어 입맞춤했던 일이 떠오른다.

다리가 욱신거린다. 역에서 서 있는 것에 습관이 되었는데도. 긴장한 모양이다. 빌어먹을 놈의 긴장.

안나의 등이 보인다. 단연 눈에 띈다. 똑바로 서서 훌륭한 자태를 잃지 않고 있다. 이해가 간다.

의연하기는 루카의 아버지도 마찬가지다. 루카는 아버지를 많이 닮지 않았다. 아들이 꼭 아버지를 닮아야 하는 것은 아니다.

그리고 위대한 가문의 구성원이 모두 모여 있다. 공화국의 제후들과 사제司祭들. 이 동네에는 종교적 민주주의의 고상한 냄새가 난다. 우리 집이었으면 다들 다리를 제대로 가누지도 못했을 것이다. 때로는 주먹으로 가슴을 치며 슬퍼하는 일도 혐오스럽게 여기지 않았을 것이다. 빌어먹을 놈의 가문.

분노, 또다시 분노가 나를 구한다.

내 시선은 장례식을 떠나 이 무덤에서 저 무덤으로 묘지 안의 작은 길을 아무렇게나 산책한다. 갑자기 인간의 온갖 불행을 떠안은 기분이다. 누군가를 잃은 자들의 슬픔이 전부 나를 향해 오는 것 같다. 번들거리는 대리석, 시든 해바라기, 이 빠진 둥근 액자 속의 낡은 흑백사진들이 눈에 띈다. 절망의 행렬에 키스를 보낸다. 몸을 휘청거리게 하고 으스러뜨리는 슬픔을 목도한다. 이러다가는 나도 이 황량한 그림 속으로 빨려들어갈 것만 같다.

즉시 펄떡이는 심장과 떨고 있는 살과 옷 속에서 부풀어오르는 성기를 생각해야 한다. 그렇지 않으면, 자폭이다.

또한 여름과 따뜻함과 태양과 드러난 살갗과 허파 속으로 들어오는 공기와 등을 타고 흘러내리는 땀과 떨고 있는 손과 웃음과 피로를 생각해야 한다. 그렇지 않으면, 겨울이다.

나는 장례식이 끝나기도 전에 묘지에서 도망친다. 역의 끈적거리는 더러움과 남자 화장실의 답답한 습기를 되찾기 위해 달린다. 나는 상喪중인 사람들의 부동성보다는 무심한 대중의 부산함이 훨씬 더 좋다.

루카

꼭 어린 시절로 되돌아간 것 같다. 숨을 곳을 새로 발견했다. 성대한 장례식만 치르지 않았다면, 아무도 이곳으로 나를 찾으러 올 생각을 하지 못했을 것이다. 묘비가 공식적인 안내판 노릇을 하고는 있지만 이곳은 세상과 동떨어진 안전한 피신처다. 정말이지 누군가가 나를 방해하러 올 가능성은 희박하다.

몇 년만 지나면, 누구도 나를 의식하지 않고 내 곁을 지나치게 되리라. 나는 확신한다.

물론 흙이 몸을 약간 짓누르기는 한다. 하지만 흙과 하나가 되고 몸이 썩어 흙과 섞이고 흙에 묻혀 흙으로 돌아간다고 생각하니 기분이 좋다. 아르노 강에서 처음 발견되었을 때 나를 쉬게 해주었던 냄새 좋은 흙으로 되돌아오다니, 신기할 따름이다. 결국 우리는 운명을 피할 수 없나보다. 불만은 없다.

정작 흙보다 한층 더 나를 무겁게 짓누르는 것은 침묵이다. 이
곳은 너무나 적막하다. 밖에서 나는 소리는 먹먹하게 전해질 뿐
이다. 사람들의 대화는 속삭임처럼 들려오고, 새들의 노랫소리
는 종알거림으로만 간신히 들리며, 머리 위에서 나는 발소리는
늘 종교 행렬에 가깝게 조신하게 들린다. 쇠스랑에 긁히는 자갈
의 비명, 관리인의 발밑에서 꺾이는 나뭇가지들의 신음, 묘비를
때리는 빗물의 찰랑거림. 바깥세상의 이 모든 외침이 잦아든 소
리로만 간신히 들릴 뿐이다.

맴도는 향기는 콧구멍을 벌름거리게 하지 않는다.* 랭보가 옳
았다. 하긴 의심해본 적도 없다.

햇빛이, 피렌체의 아름답고 뜨거운 태양이 그립다. 그렇다. 나
를 가두고 있는 이 절대 암흑은 내가 가장 즐기던 것을 앗아갔
다. 찬란한 햇살을. 이 세상에 창공의 황금빛 태양보다 더 좋은
것은 아무것도 없으니까.

포옹도 그립다. 어느 순간부터 나는 움직이고 만지고 감촉을
느끼고 쓰다듬고 껴안는 기능을 상실했다. 이 모든 감각이 내게
서 빠져나갔다.

---

* 아르튀르 랭보의 시 「골짜기에 잠들어 있는 자」의 한 구절.

무엇보다 블랙리스트에 올라 격리된 듯한 기분이 든다. 때로는 이렇게 감금됨으로써 기억에도 없는 잘못에 대한 죗값을 치르는 것처럼 느껴진다.

차라리 망명이나 자발적인 피신 또는 도피라고 여기는 편이 낫겠다. 그러니 무덤 속의 사막은 잊고 진짜 사막을 꿈꾸어보자. 끝없는 지평선과 끝이 보이지 않는 들판을 꿈꾸어보자. 새로운 지도를 만들자. 이 지도는 고독의 또다른 이름이다.

안나

일요일의 창백한 햇살이 일찌감치 완연한 가을 속으로 빠져들어가는 마비된 도시를 발길 닿는 대로 걷는다. 강가에 우뚝 서서 어제 내린 소나기 때문에 불어난 강물에 불행을 쓸려 보내기도 하고, 다른 방향으로 뻗지 못해 역을 향해 나 있는 철로를 따라 걷기도 하며, 광장도 골목길도 뜨겁게 달구지 못한 채 망설이고만 있는 태양 아래서, 한낮의 제법 상쾌한 공기 속에 서 있기도 한다. 눈을 들어 하얀 하늘을 올려다보니 그리 멀지 않은 곳에서 먹구름의 위협이 느껴진다. 나는 나도 모르게 길모퉁이를 돌아 다시 강가에 와 있다. 강물이 부글거리고 있다. 갑자기 슬픔과 절망에 몸을 맡기지 않기 위해 초인적인 노력이 필요해진다.

하지만 행복은 바로 아무것도 아닌 이 순간, 떨리는 이 찰나,

상쾌한 이 포근함, 이 여유, 하는 일 없이 한가로이 보내는 하루하루에 있을지도 모른다. 평소에는 종종 이렇게 산책하면서 평화로운 휴식을 즐기며 행복해하지 않았던가. 때로 행복과 불행은 신기할 만치 닮아 있다. 오늘은 아예 이 행복과 불행이 일치하는 것을 보니 놀라울 따름이다.

집으로 돌아와 썰렁한 아파트를 마주하니, '혼자라는 것'이 무엇인지 새삼 알 것 같다. 정말이지 상을 치른 후에 느끼는 고독은 전에는 몰랐던 감정이다. 텅 빈 아파트의 종교적인 침묵 속에서, 평소보다 훨씬 크게 울리는 삐걱거리는 나무 바닥을 걷는 발소리에서, 나와 함께 늙어온 벽 사이에 배어 있는 황량함 속에서, 그리고 훌쩍 넓어져버린 공간 속에서, 고독의 메아리가 들려온다.

가구들 위에 놓여 있는 물건을 하나하나 바라본다. 보기 흉한 서랍장 위에 놓인 사기인형, 책장으로 삼은 장식장에 가지런히 진열된 한 번도 읽어본 적 없는 책들, 반짝이는 개수대 위에 씻어 엎어놓은 컵, 화분 발치에 떨어져 있는 낙엽 한 장, 서랍에 넘쳐나는 사진들과 우편엽서들. 그러자 불현듯 이 아파트에서 한 생명이 빠져나간 게 아니라는 깨달음이 머릿속을 스친다. 그 생명은 이 아파트에 깃든 적도 없었다. 루카는 늘 이곳에 와서 살기를 거절했었다. 새삼스러운 발견도 아닌 깨달음이 가슴속을 베고 간다. 더할 수 없이 난폭하게 베고 간다.

나는 루카가 살던 곳도 아닌 장소에서 그를 찾고 있었다는 것을, 그가 머무른 적도 없는 곳에서 그의 빈자리를 느꼈다는 것을 깨달았다. 이 빈자리는 전혀 새로운 것이 아니었다. 다만 이제는 나를 피해갈 수 없게 된 것뿐이다.

그렇다면 나는? 나는 이 빈자리를 피할 수 있을까?

엄밀히 말한다면 고통은 육체의 이별에서 오는 것이 아니다. 아무리 루카의 몸이 지독하게 그립다 해도. 루카의 육체는 나를 자주 허전하게 했으므로 육체의 부재 때문에 고통스러운 것은 아니다. 그보다는 이제 짝을 잃었다는, 불완전하고 불충분한 존재가 되었다는 엄연한 현실과 관련이 있다. 나는 존재를 견고하게 하기 위해서는 둘이어야 한다고 믿었다. 혼자서 나는 존재하지 않는다. 이전의 둘이라는 복수에서 단수가 되는 법을 모른다.

사정이 이러한데 참선과 명상 말고 달리 무엇을 할 수 있겠는가? 그럼에도 종교적 협화음을 내는 이런 용어들이, 결핍도 선택이 될 수 있고 나아가 우리를 크게 할 수 있다고 나를 설득할 수는 없을 것이다.

레오

정확히 언제부터였더라? 스치는 그림자들과, 단 하룻밤이나 혹은 그보다 더 짧은 시간 동안 부둥켜안는 육체들과, 지금은 기억나지 않는 얼굴들과, 하찮은 존재들과, 시시껄렁한 대화들과, 진실하지 않은 관계들과, 내일의 기약 없는 우연한 만남들과, 비천한 거래들로 내 인생이 압축된 것이? 나는 정말 세상과 아주 빈약한 관계만 맺고 살아가기로 작정했던 걸까? 실제로 루카는 세상과 나를 잇는 유일한 끈이었다. 다시 총체적인 고독으로 돌아가기 위해서는 이 끈을 끊는 것으로 충분했다.

이 끈이 끊어진 것은 나에 대한 세상의 기권이요, 포기다. 나는 거의 버림받았다고 할 수 있다. 오늘처럼 몸이 잘리고 줄어들고 사그라지는 기분을 느껴본 적이 없었다. 이 느낌은 아주 구체적이어서 정확히 어느 부위인지도 알 수 있다. 배가 꼬여 저절로 몸이 둘로 접히고, 양팔은 말려 옆구리에 감겨 있는 것 같다. 이 타격과 유린이 육체적이고 실제적인 감각과 관련 있다는 것은 온몸이 뼛속까지 주체할 수 없을 만큼 흔들리고 있는 것으로도 설명할 수 있다. 나를 향한 주변의 놀란 시선들로 판단하건대, 몸을 떨고 있는 내 모습이 가관인 것이 분명하다. 내가 얼마나 주위의 시선들을 불안에 떨게 하고 겁에 질리게 하는지 가늠해본다. 아마 이 사람들에게는 내 몸 안에 들어앉은 신화 속 상상의 짐승이 점점 커져 몸을 박차고 나오기 위해 요동치고 있는 것처럼 보일 것이다. 엄청난 짐승이 이제 곧 튀어나올 거라는 지레짐작이 이들을 경악하게 하는 것 같다. 그런데도 나는 그들에게 아무 일도 일어나지 않을 거라고, 그와는 반대로 오히려 내몸 안은 텅 비어가고 썩어가고 퇴화해가고 있다고 설명하지 못한다. 짐승이 커지고 있기는커녕, 내 몸속에서는 파괴와 부식이인정사정없이 진행되고 있다. 내가 대면하고 있는 것은 절단이요, 붕괴요, 소멸이다.

이 현상은 사람들에게 설명할 수 없다. 몸속에서 일어나고 있는 현상에 용어를 만들고 단어를 적용해 입 밖에 내는 일은 불가능하다. 그렇다고 입을 꾹 다물고 침묵하는 것이 나를 치료해주지는 않는다. 치료는커녕, 고통조차 없애주지 못한다. 침묵은 단지 내 힘을 넘어서서 나를 압도하고 휩쓸어버리고 초월한 것일 뿐이다. 내가 아무 말도 하지 않는 것은 자존심을 지키겠다거나 체면을 차리겠다는 초라한 의도에서 비롯된 것이 아니다. 아니, 침묵으로는 사람들과 더 멀어져 닿을 수도 접근할 수도 없게 될 뿐이다. 이렇게 고립된다는 것은 원시로 되돌아간다는 것에 다름아니다.

그렇다. 원시적이고 야만적이다. 하지만 무해하다. 결국 파괴되는 것은 나 하나뿐이니까. 이제 나를 불태우고 없애버리는 일만 남았다.

루카를 잃었을 때 내게 일어날 수 있는 대혼란을 상상해본 적은 한 번도 없었다. 아마 내가 아주 어리석어서 루카를 잃을 수도 있다는 상상을 해본 적이 없기 때문일 것이다.

지금 몇 장의 지폐를 대가로 내 목을 파고드는 이 젊은 남자에게, 이런 이야기를 전부 들려줄 수도 있지 않을까? 서툰 동작으로 내 몸을 탐하고 있는 이 초보자에게 모든 것을 고백한다면? 애처로워 보이기도 하는 이 겁에 질린 동정童貞에게 나를 맡긴다면? 누가 알겠는가? 어쩌면 그가 내 말을 들을 수 있는 능력이 되어서 절름발이 형제애라도 보여줄지? 하지만 그는 자기 생각만 하고, 나는 내 생각만 하고 있다. 우리의 이기주의는 화해하지 않는다.

그렇더라도, 내 얼굴을 핥을 때 느껴지는 짭짜름한 맛이 땀이 아니라 눈물 때문이라는 것쯤은 그가 알까?

책 둘

너는 사람들이 네 곁을 지나가면서도
너를 의식하지 않는 것에 놀라워한다.
너야말로 수많은 사람의 곁을
그들을 의식하지도 않은 채,
그들의 고통이 무엇인지, 숨겨둔 암이 무엇인지
관심도 갖지 않고 지나치면서.

체사레 파베제, 「삶의 기교」

루카

성경에 쓰인 대로 먼지로 돌아가다.

사라져버리다. 아무것도 아닌 것이 되다.

이것은 축복이다.

내 몸이 부패하기 시작했다. 염장이의 감탄스러운 작업도 장미보다 더 오래 시신을 버티게 하지는 못한다. 매장해도 소용없고 방부용 가루도 이제 효력을 발휘하지 못한다. 인공적인 수단들이 굴복한다. 시신 속에 투여된 약물들의 효력은 중단된다. 요령 있게 감추어졌던 꿰맨 자국들도 터지기 시작한다. 공연은 끝났다. 막이 내렸다.

피부가 조각조각 떨어져나가고 쪼글쪼글해지기 시작한다. 이제 색료들은 추억일 뿐이다.

벌레들이 뼈를 갉아먹고 구더기들이 번식한다. 내 살에서 양분을 섭취하기 위해 기생충들이 달려오고, 움푹 팬 내 눈구멍 속에서 유충들이 기어나오고 있다.

뼈는 문지르면 금세 가루로 변할 것처럼 삭아서 전체 골격에서 떨어져나가 부서지며 폐물 더미, 잿더미를 이룬다.

드러난 신경조직들은 붉은색에서 검은색으로 변하더니 고무줄처럼 끊어지고 말라붙어 오그라든다.

이것은 또 하나의 공연이라 할 수 있겠다. 죽음 다음에는 썩은 고기를 먹고 사는 짐승들의 삶과 같은 또다른 삶이 있다. 영원히 움직일 수 없게 되었는데도, 뼈들이 갈라져나가면서 여전히 움직임이 일고 있다.

기억을 더듬어 생전의 내 모습을 떠올려본다. 어린 소녀나 성장이 너무 빠른 소년들이 흔히 그렇듯 키만 훌쩍 큰, 마르고 기다란 체형이다. 그렇다. 이렇게 내 모습을 떠올려보니 꼭 여자아이의 몸 같다. 골반은 좁고 엉덩이는 평평하고 머리카락도 지나치게 가늘고. 검은 시선이 드리운 얼굴 역시 길고 갸름하다. 나는 검은 눈동자에 빨려든다. 이 눈은 아버지에게서 물려받은 것이다. 수수께끼와 태생적 모호함이 어려 있는 엄격해 보이는 눈.

사랑에 빠져 달콤한 항복을 할 때는 그 엄격함이 종종 자취를 감추었지만. 그리고 어머니에게서 물려받은 동양인의 흔적인 짙은 빛깔의 피부가 있다. 이 동양은 다른 어딘가에 대한 약속이다. 안나와 레오를 사로잡은 것은 바로 이 약속이었다.

그 약속, 나는 그 약속을 지켰다.

머릿속에 떠올린 내 모습은 오래가지 않는다. 이미지는 흔들리고 흐려지고 모호해지고 아스라해지더니 끝내 사라져버린다. 그러나 살아 있을 때도 이미 나는 이 모양이었다.

어쩔 수 없이 예전에 내 모습이 어떠했고 내가 어떤 사람이었는지 더는 기억나지 않게 될 순간이 올 것이다. 나도 나를 잊는 그때 다른 사람들은 이미 나를 잊고 난 후일까?

안나

부검 결과가 루카의 부모님에게 통지되었다. 루카의 어머니인
수산나가 거의 모든 것이 정상이라고 내게 알려준다. 마치 혈액
검사나 X선검사 결과를 말해주는 것 같다. 여하튼 정상이 아닌
점이 하나 있었다. 다량의 수면제가 발견된 것이다. 이것이 경찰
들의 주의를 끌었고, 그들은 수산나에게 루카가 습관적으로 수
면제를 복용했는지 물었다. 그녀는 우선 아니라고 대답했다가
확신할 수는 없으니 내게 물어보겠다고 대답했다고 한다. 루카
에게 불면증이 있는 줄은 몰랐다. 잠을 자기 위해 약을 복용하는
것은 한 번도 본 적이 없었다. 그러나 우리는 함께 살지 않았었
고, 나는 루카의 약장 서랍을 조사해본 적이 한 번도 없었으니,
루카가 아파트에 수면제를 상비해두고 있었을 가능성을 포함해

모든 것이 가능하다. 수산나가 잠시 생각하더니 경찰들이 루카의 아파트에서 '비슷한 종류의 약물을 하나도 발견하지 못했다'고 확언했던 것을 떠올린다. 따라서 사건 당일 그 수면제를 어디서 구했는지는 미지의 상태로 남게 되었다. 경찰들은 수면제를 강제로 복용하지 않았다는 것과 루카에게 약물을 투여한 사람이 아무도 없다는 것을 확인하기 위해 '보충 수사'를 해야겠다고 한다. '보충 수사'라니, 그게 무슨 말인가? 심문해볼 만한 사람은 아무도 없으며, 수산나의 말을 믿자면 부검 결과 루카의 몸에서는 추락에 따른 흠집 외에 맞은 자국이나 상처도 찾아내지 못했다면서 말이다. 이 모든 설명이 내게는 석연치 않아 보인다. 다만 어머니라는 사람이 이런 수사를 부질없고 가당치 않으며 나아가 무례하기까지 하다고 판단하지 않고, 그토록 순순히 체념하며 경찰이 하는 대로 따르는 것이 놀라울 뿐이다. 이런 생각을 하며 수산나를 보고 있다가, 나는 문득 그녀가 나와 시선을 마주치려 하지 않는다는 것을 깨달았다. 그러고 보니 수산나의 태도에는 줄곧 당혹감이 깃들어 있었다. 그녀가 이렇게까지 불편해하고 허둥대는 것은 처음 본다. 수산나는 내게 올곧음과 정확함의 상징이다. 그 어떤 것에도 굽히는 분이 아니다. 그런데 그런 그녀가 내 앞에서 몸을 굽히고 있다. 그녀는 내게 어려운 사람이며 처음 만난 순간부터 지금까지 그녀를 존경해왔지만, 그럼에도 나는 뭔가 나한테만 말하지 않고 숨기거나 감추는 것이 있는지, 그렇다면 그게 무엇인지 알아야겠다고 감히 묻는다. 수산나는 당돌한 내 질문에 경악하거나 평소 자주 보이는 특유의 경멸하는 태도를 취하는 대신, 허둥거리며 아무것도 숨기지 않았다고 서둘러 대답한다. 순간, 이 부인否認이 내게는 자백처럼 들린다. 그녀가 방금 거짓말을 했음을 직감으로 알아차린다. 이 거짓말은 그 자체로 일종의 고백이 된 셈이다. 아무튼 수산나의 대답은 더이상의 질문을 봉쇄한다. 나 혼자 이 미스터리와 암흑을 헤쳐가야 한다. 이때 루카의 아버지 주세페가 어두운 벽지로 도배된 위압적이고 음침한 방에 들어선다. 그의 표정에는 노기가 서려 있다. 역겨움을 감추지 못하고 얼굴을 실룩거리고 있다. 그러나 이 표정은 단순히 슬픔의 표현인지도 모른다. 어쩌면 내가 방금 들추어냈다고 생각한 의혹이 내 판단을 부풀리고, 아주 사소한 표정 하나로도 여러 가지 해석을 하게 하는지도 모른다. 그렇지만 주세페가 내게 인사를 건넬 때의 굳은 표정과 진심에서 우러나는 연민으로 인해 이내 부드러워지는 표정은 내가 지어낸 것이 아니다. 이번에야말로 뭔가 내게만 쉬쉬하고 있는 비밀이 있다는 확신이 든다. 십중팔구는 끔찍할 어떤 비밀이. 이 모든 추리를 머릿속에서 지우고 밝은 표정을 지어야겠다. 그러나 루카의 몸에서 발견되었다는 수면제에 대한 생각을 머릿속에서 떨칠 수가 없다. 루카의 몸속에 있었다는 수면제가 정말 무시무시한 문제라도 제기한단 말인가? 아니면 치욕이라도 된단 말인가? 나는 집으로 돌아와 소파 위에 무너져내렸다. 나를 봐주는 것은 아무것도 없을 것 같아 두렵기만 하다.

레오

솔페리노 호텔은 혼동되리만치 형벌의 장소와 꼭 닮았다. 아무것도 소유하지 않은 자들, 아무런 연고도 없는 자들, 모든 것을 포기한 자들만을 마주치는 곳. 이곳은 스스로 멀어졌거나 혹은 내쳐진 자들, 만성적인 고독과 취향 나쁜 벽지와 닮아서 색이 바랜 카펫에 적응한 자들을 위한 장소. 그늘과 침묵하는 사람들과 힘없는 사람들을 위한 장소다. 호텔 손님 중에 여행객은 없다. 관광이나 출장을 온 사람들은 이제 이곳으로 오지 않는다. 아무 말 없이 알아서 카운터에서 열쇠를 집어가는 장기 투숙객뿐이다. 그들은 바로크식 식당 입구에서 냅킨을 말아 고리에 끼우고 있는 수위를 번거롭게 하지 않는다. 장기 투숙객들은 벽과 함께 늙어간다. 그들은 서로 얼굴을 익히면, 마주칠 때 간단한 목례를 나누지만 그 이상의 관계를 맺지는 않는다. 대화도 사건도 없이 머물다가 어느 날 갑자기 예고도 없이 사라지면, 같은 외모와 같은 행동거지의 또다른 사람들이 끝나지 않는 사슬처럼 곧 이들을 대체한다. 나는 이들 중 한 사람이다.

나는 유령들 사이에 있는 유령이다. 내 그림자는 다른 투숙객들의 그림자와 구분되지 않는다.

이곳에서는 나지막이 말하고 천천히 걸음을 옮긴다. 거대한 샹들리에 아래서 한껏 멋을 부린 노인네들과 몸에 꽉 끼는 천박한 원피스를 입은 나이를 알 수 없는 여자들과 마주친다. 수위는 체구가 작은 사내인데, 숙면을 취한 적이 없는 밤들과, 보초와 졸음 사이의 끝없는 고투로 이어지는 밤샘 때문에 안색이 시들어버렸다. 그의 태도는 고색창연하며 입고 있는 제복은 반들반들하다. 싸구려 포도주가 발단이 된 소싯적 싸움질에서 얻은 흉터도 있다. 그는 그를 바라보며 홀에서 하염없이 시간을 흘려보내고 있는 사람들에게 피로를 나누어준다. 홀에는 움푹 꺼진 벨벳 소파와 금이 가고 얼룩진 거울이 있다. 이곳에서는 모든 것이 느리면서도 가차 없이 황폐하다. 그렇지만 밖에서만 본다면 이 호텔을 피렌체의 옛 관저官邸와 혼동할 수도 있을 것이다. 길 끝에는 아르노 강을 가로지르는 다리가 있다.

이런 호텔에 사는 형벌은 고통스럽지 않다. 이 형벌은 내가 자청한 것이다.

　루카는 단번에 이런 내 마음을 알아차리고 그 누구보다 잘 이해해주었다. 이런 장소에서 살고 싶어하는 바람과 시내에 있는 아파트에 세들어 내 가구를 들여놓고 살기를 완강히 거부하는 것을. 아마 바로 이 점 때문에 우리는 순식간에 그토록 강한 확신으로 가까워졌을 것이다.

　방 안을 꽉 채우던 루카의 존재감, 소파에 몸을 던지면서 웃던 소리, 낮은 탁자에 부딪혔을 때 찡그리던 표정, 창문에 이마를 대고 흐르는 강물을 오랫동안 바라보던 모습이 떠오른다. 가끔씩 루카는 강박적으로 강물을 오랫동안 바라보았다. 그래서 나는 그 아름다운 강박관념이 언젠가 정확히 아르노 강의 소용돌이치는 물살 속에서 끝나리라는 것을 의심하지 않았었다.

　루카도 그랬을까?

루카

낯잠을 잘 시간이다. 점심식사를 하고 난 후에는 전 국민이 낮잠을 잔다. 창문을 열어놓고 덧문은 닫은 채로. 바깥의 뜨거운 햇살이 블라인드를 통해 새어든다. 스며드는 바람이 때때로 커튼 한 자락을 들어올리기도 한다. 어둠 속의 침대에는 이탈리아 여자와 남자들이 시체처럼 나란히 누워 자고 있다. 내 모습은 아직까지는 이들과 비슷하다.

벽에는 십자가에 못 박힌 예수와 종교화의 모사품들이 걸려 있다. 서랍장 안에는 미사경본이 들어 있다. 그것들은 비행기가 추락할 때는 아무도 구할 수 없지만, 안달하는 사람들을 안심시키기 위해 비행기 좌석 아래 비치해놓은 구명조끼와 같다. 베개 아래에는 지은 죄를 사해달라고 빌 때 손가락 사이에서 돌리는 묵주가 놓여 있다. 나는 내 영혼의 안녕을 빌지 않는다.

잠시 후 더위가 조금 가시면 노인네들은 등나무 의자를 꺼내 문 앞에서 몇 발짝 떨어진, 혼잡한 도시와는 거리가 먼 골목길에 자리를 잡을 것이다. 이런 식으로 그들은 반 수면상태를 연장해 고통을 휴식하게 하면서 약간의 행복감도 얻을 것이다. 나도 골목길에 의자를 놓고 그들과 함께 앉아 있고 싶은 마음이 간절하다.

조금 더 시간이 지나 태양의 기운이 누그러지기 시작하면 서늘한 기운이 느껴질 것이다. 가게들이 철제 셔터를 내리기도 전에 거리는 은근히 북적거리다가 마침내 사람들의 물결이 거세지면서 인파를 이룰 것이다. 나도 저녁 산책을 자주 나갔었다.

드디어 밤이 되면 광장에서 사람들이 만나고 재회하고 포옹하고 얼싸안고 스쳐가는 광경이 연출될 것이다. 외침과 웃음소리가 대기중으로 날아올라 오렌지 빛 구름에 젖긴 하늘 속으로 자취를 감출 것이다.

희한하게도 지금 내가 가장 못 견디게 그리운 것은 바로 이 순간들이다. 아무것도 아닌 이 순간들, 그러나 우리 삶의 전부가 담겨 있는 순간들.

그것은 내 목에 달려들기 위해서나 걸음을 서두를 때 휘날리는 안나의 원피스 자락이기도 하고, 웨이터가 가져다놓은 화이

트 마티니 잔을 입으로 가져갈 때 안나의 손목에서 반짝거리는 팔찌이기도 하며, 선글라스를 들어올려 머리카락을 고정시키는 안나의 동작이기도 하다.

그것은 난투 끝에 지어 보이는 레오의 어처구니없는 웃음이기도 하고, 베스파를 버팀목에 세워두기 위해 핸들을 잡아당길 때 혈관이 불거지는 레오의 팔뚝이기도 하며, 시선을 끌려 할 때 건조하게 움직이는 레오의 엉덩이이기도 하다.

이제 그 순간들에 내가 없다는 것이, 내가 죽었다는 가장 명백한 표시다.

그 모든 순간을 알고 있는데 이제 그 순간들을 누릴 수 없다는 것을 인정해야 하다니, 그럴 수 있을까? 단지 예전에 행복했었다는 이유만으로?

안나

의심을 떨쳐버릴 수 없고 의혹을 억누를 수 없다. 편해지기 위해서라도 그러고 싶었지만 마음대로 되지 않는다. 갖가지 다양하고 괴상망측한 의문들이 줄기차게 성채의 벽을 찍어대는 날카로운 무기처럼 나를 공격한다.

사실 의문은 무엇이든 간에 늘 곤혹스러운 것이다. 해답만이, 그것도 아주 명쾌한 해답만이 평온을 보장한다.

중요한 것은 안다는 것이다. 알게 될 사실로 인해 무참해진다 해도 상관없다. 어떤 사실을 알게 되든, 모호함과 암흑상태보다는 나을 것이다.

심지어 믿을 수만 있다면 거짓말이라도 받아들일 준비가 되어 있다. 끔찍한 진실과 완벽한 소설 중에서 나는 선택하지 않는다.

둘 다 괜찮기 때문이다. 둘 중 어떤 것도 나를 불확실의 고통에 빠뜨리지는 않을 것이다. 견디기 힘든 것은 언제나 그 둘 사이에 있는 회색지대다. 왜 모든 것이 검은색 또는 흰색이 아닌 걸까? 왜 죄인과 무고한 자, 영웅과 악한 둘 중 하나가 아닌 걸까? 왜 뉘앙스와 단계에 따른 미묘한 차이를 강요하는 걸까?

누군가에게 시험당하는 기분이다. 시험은 이내 형벌이 되고 악몽으로 변해버린다.

정신적인 고문은 잠도 앗아갔다. 밤을 하얗게 지새우며 수산 나의 외면하는 눈길과 주세페의 벌건 안색과 거의 수치심에 가까운 그들의 당황한 모습을 다시 떠올려본다. 곤혹스러워하던 그 태도에 대한 설명을 찾으려고 애써보지만 허사다.

그들이 사용했던 모든 단어와 서툴게 태연함을 가장하던 어조와 방 안에 떠돌던 그림자들을 기억해보자. 나를 구원해줄 정확한 말과 세부사항들을 어떻게든 찾아보자. 그러나 고통은 줄어들지 않는다. 이 추리는 끝고다 언덕이다.

날이 밝자마자, 수사를 담당했던 형사들을 만나기 위해 경찰서로 향했다. 사건을 담당한 토넬로 형사는 보통 아홉시가 되어야 사무실에 나온다고 한다. 상관없다. 기다릴 것이다. 나는 벽

쪽에 줄지어 있는 초록색 플라스틱 의자에 앉았다. 벽에는 시민의 협조와 주의를 요청하는 온갖 벽보가 붙어 있다. 번들거리는 리놀륨이 군데군데 부풀어 있다. 불룩 나온 그곳에 구두 굽을 박아 넣어본다. 무엇이든 시간을 때울 일이 필요하다. 눈앞에서 비참한 가축 쇼가 벌어진다. 매춘부들, 걸인들, 피범벅이 된 청소년들, 어린애 취급을 당하는 외국인들. 내가 어쩌다 이런 세계, 이런 비행과 낙오의 세계로 전락하게 되었을까. 대체 무슨 죄를 지었기에, 포도주와 피와 정액과 불법의 냄새를 풍기는 이 사람들 틈에 끼어 있게 된 거지?

아홉시가 되자마자, 면담할 형사가 도착했는지 확인하려고 안내인에게 다가갔다. 그는 짜증스럽고도 귀찮다는 어조로 때가 되면 어련히 알아서 알려주지 않겠느냐고, 면담 요청은 이미 접수되었다고, 재차 요청한다고 해서 '면담 시간이 앞당겨지지는 않을' 거라고 대꾸한다. 별수 없이 나는 다시 자리에 돌아와 앉았다. 또다른 무리의 행렬이 지나가지만, 이들의 얼굴은 앞서 지나갔던 얼굴들과 크게 다르지 않다.

아홉시 삼십분이 되자, 한 남자가 내 앞에 나타났다. 토넬로 형사라고 밝힌 그가 따라오라고 한다. 한 번도 본 적 없는 얼굴이다. 마흔 살쯤 되었을까? 희끗희끗한 콧수염과 느슨하게 맨 넥타이, 맥없는 걸음걸이. 그가 웃음을 지어 보이며 나를 안심시킨다. 내가 찾아온 용건을 밝히자 그의 얼굴은 다시 굳어진다. 부검 결과는 가족에게만 통지된다, 그다음 일은 가족의 소관이다, 나는 이런 종류의 정보를 전달하는 데 익숙지 않다, 미안하다, 괜히 시간만 낭비하게 해서 유감이다. 그는 이렇게 말한다. 내가 고집을 부리자 그의 목소리는 더욱 퉁명스러워진다. 내가 간청하자 다시 흐물해진다. 그러나 그는 끝내 내 부탁을 거절한다. 나는 당황해서 어찌할 바를 모른 채 경찰서를 나선다. 벼랑길로 들어선다.

레오

한물간 지식인처럼 둥그런 안경을 쓰고 짤막하고 가지런하지 않은 턱수염에 그럭저럭 정장을 갖춰입은 쉰 살의 남자가 말했다.

"어린 친구들은 냄새가 좋아. 깨끗하고 신선해. 스킨이나 샤워젤 향이 나지. 아무도 손댄 적 없는 정갈하고 매끄러운 냄새야. 유린당하지 않은 대지에서 나는 것 같은 냄새. 순수의 이미지를 떠올리게 하지. 게다가 어린 친구들은 모든 것을 제공하고 드러내. 모호함이나 꿍꿍이나 망설임 없이. 영원할 것 같은 젊음이라는 옷을 입고 그저 그 자리에 서 있거든. 늙는다는 것이 무슨 의미인지도 모르지. 몸이 가차 없이 쪼그라든다는 것, 피부가 속수무책으로 시든다는 것, 모양이 울퉁불퉁해진다는 것, 주름이 깊게 팬다는 것, 이 모든 것을 몰라. 바로 거기에 젊음의 승리가 있어. 자네들은 그게 승리라는 것조차 모르겠지만. 그게 바로 일종의 순수라는 거야. 자기가 가진 것이 실제로 얼마나 좋은 건지 전혀 모르는 것. 우리네는 순수 근처에 얼씬도 못하도록 떨어뜨려진 느낌인데. 이렇게 강제로 멀어진 기분에 모욕감마저 든다니까. 그건 그렇고, 맙소사, 정말 기가 막히는군, 젊은 친구들의 냄새란!"

나는 말했다.

"변소는 저쪽에 있수다."

그가 기대하는 모든 것을 이미 오래전에 버렸다고 고백하느라 시간을 허비하지는 않는다.

어느 날, 그 남자보다 젊은, 서른 살이 안 된, 어느 모로 보나 좋은 동네 출신이 분명한 다른 남자에게 나는 말했다.

"나는 당신 같은 사람들이 왜 나 같은 놈한테 관심을 보이는지 아주 잘 알고 있지. 마누라가 기다리는 집으로 서둘러 돌아가기 전에, 역 간이서점에서 은밀히 산 잡지에 전시된 우리 몸을 본다는 것을 안단 말이야. 마르고 다부진 체격과 털 없이 매끈한 피부와 유혹적인 포즈와 굳은 시선들을 훔쳐보는 것 아냐? 우리의 날렵함과 씩씩함에 환상을 품으면서 말이야. 당신들이 우리를 꿈꾸는 것은 우리한테 여자들의 가냘픔과 남자들의 탄탄함이 모두 있기 때문이지. 거리에서 우리와 마주치면, 당신들은 엉덩이로 흘러내리는 터무니없이 큰 청바지와 좁은 상체를 죄는 티셔츠와 챙이 동그란 모자를 쳐다보지. 우리가 여전히 어린아이이기를 바라면서. 실은 당신들이 상상하는 것과는 전혀 다른 인간들이라는 것도 모른 채 말이야. 당신들은 우리가 당신들의 '친절'을 거절할지도 모른다고 안달하겠지만, 값을 치를 능력만 있다면 염려 마쇼. 몇 장의 지폐와 쾌적함만 보장되면 충분하니까. 당신들은 우리 같은 인간들을 가까이하면 천박해진다고 철석같이 믿으면서 위험하다고 여기지만, 바로 그 위험 때문에 우리한테 혹하는 거야. 우리 안에 있다고 느끼는 난폭한 성질, 스스로도 고칠 방법이 없는 호전성, 시도 때도 없이 불끈하는 혈기, 얼마든지 거칠어질 수 있는 동물적 근성, 툭하면 흥분하는 성미, 거리낌 없는 태도에서 비롯된 일종의 자유로움, 뭐 이런 것들 말이지. 자신을 혹하게 한 것이 무엇인지 그 정체를 깨닫는 순간 당신들은 공포로 전율할 거야. 그렇더라도 손쉬운 쾌락이 바로 코앞에 있고 드디어 쾌감을 맛보겠구나, 감은 잡는 거지. 당신들이 우리한테 다가올 때 우리는 당신들의 눈 속에 이글거리는 욕망을 읽고 있지. 그 욕망을 우리가 아주 역겨워한다는 거 알아? 그저 돈 때문에 수락하는 것일 뿐, 아주 혐오스럽단 말이야. 그런데도 우리는 절망적인 심정으로 우리를 껴안아줄 팔을 찾고는 있어. 하지만 돈이 없다면 당신들의 팔은 사절이야."

남자는 내가 늘어놓은 장광설을 다 듣고 나서, 이렇게 말했을 뿐이다.

"분명히 당신 말이 옳아요. 그렇지만 형제애에 대해서도 얘기를 나눌 수 있을 거요."

그 남자가 바로 루카였다.

.

루카

안나, 나는 세상의 그 어떤 여자보다도 너를 사랑했어. 그건 확실해. 네가 무슨 말을 듣게 되든, 어떤 사실을 알게 되든, 너도 그건 확신할 거야.

안나를 만나기 전에, 나는 평온한 안정감을 알지 못했다. 편안함을 느끼기 위해서는 안나가 나타나는 것으로 충분했다. 안나는 내 삶에 즉시 안정과 휴식을 안겨주었다. 우리는 단지 조용히 사는 것보다 더 많은 것을 바랄 권리가 있음에도, 그런 은총은 여간해서는 누릴 수 없는 거라고 생각하고서 체념해버린다. 그렇더라도 한번쯤 꿈꾸기는 할 것이다. 인생을 아무런 근심 걱정이나 대책 없이 어슬렁거리며 느긋하게 살 수 있게 해주는 여자가 과연 몇 명이나 될까? 일어날 수 있는 온갖 돌발 사태를 염려할 필요 없이 완전히 믿고 기댈 수 있는 여자, 아무것도 묻지 않으면서 모든 해답을 주는 여자가 몇 명이나 될까?

이런 선물을 거절할 수 있을까? 이런 행운을 물리칠 수 있을까?

안나 이전에 만났던 여자들은 활화산 같았다. 관능적이었고 놀라우리만치 소모적이었다. 독점욕과 소유욕이 넘쳤으며 질투심이 강했다. 어느 날, 안나가 내게 정박해 자유와 깃털 같은 가벼움, 즉 일종의 포기를 제안했다. 나는 그 모든 것을 취했다.

물론 안나가 함께 있어달라고 부탁하는 밤도 있었다. 가지 말라고 청하는 아침도 있었다. 물론 말로 표현하지는 않았지만 안나는 인생의 동반자가 되는 서곡으로 우리가 함께 살기를 원했었다. 보다 명확하게 관계를 정립하기를 갈망했고, 가끔은 내 편에서 그럴 것을 약속하기도 했었다. 그러나 안나는 늘 종국에 가서는 독립에 대한 내 무언의 호소를 존중해주었다.

그러면서도 안나는 결코 화사함을 잃는 법이 없었다. 나와 같이 걷는 그녀를 본 사람들은 두고두고 그녀의 자태, 어깨에서 물결치는 검은 머리카락, 활력, 그림처럼 완벽한 실루엣을 말한다.

우리가 부둥켜안고 서로를 꼭 조였던 순간들도 기억난다. 나는 근사한 여행을 마친 것이다.

더구나 피오렌티나*의 팬이라고 주장하는 여자와는 사랑에 빠질 수밖에 없다.

안나는 언제 모든 사실을 알게 될까? 얼마나 더 있어야 진실이
밝혀질까? 누구에게 배신당하게 될까? 베일이 벗겨지면 어떻게
될까?

내 비겁함에 대한 대가를 치를 사람은 안나가 될 것이다. 그것
도 현금으로.

물론 사실을 털어놓을 수도 있었다. 모든 것을 고백할 수도 있
었다. 하지만 용기가 없었다. 거짓 속에서 만족한 것도 사실이다.

어쨌거나 그것은 남루한 비밀에 지나지 않았다. 그런데도 안나
를 궁지에 몰아넣을 것이었다. 고통을 야기할 필요가 있었을까?

네가 생각하는 그런 게 아니야. 이런 말을 주워섬길 수는 없었
다. 그렇지만 사실인 걸 어쩌겠는가?

---

* 이탈리아 리그 세리에 A에 속한 명문 축구팀.

안나

내가 묻자 수산나는 마지못해 부검 결과 중 나중에 밝혀진 몇 가지 사실을 털어놓는다. 그러나 이것으로는 수산나의 태도가 풍기는 것이든 내가 지어낸 것이든, 그 미스터리를 풀 수 없다. 그러나 때로 객관적이고 구체적이고 명백한 사실은 진실에 다가가고 있다는 믿음을 준다.

첫번째 사실 : 루카는 9월 19일 금요일 밤과 20일 토요일 사이에 사망했다. 새벽 세시에 즉사한 것으로 추정된다(나는 저절로 경찰들의 용어를 정확히 재현하고 있다). 내가 일요일에 실종신고를 했다(루카와는 목요일부터 연락이 되지 않았다). 시신은 9월 23일 화요일 이른 아침에 발견되었다. 당시의 정황이 머릿속에서 거의 정확하게 굴러간다. 이것들이 모든 것을 환히 밝혀주지

는 않지만, 적어도 현실적인 느낌은 준다.

내 생각 : 루카는 여름이 끝날 무렵 죽은 거다. 그는 가을을 싫어했다. 그는 가을에서 도망치려고 죽은 거다.

두번째 사실 : 루카는 강물에 추락할 때의 충격으로 사망했다. 십중팔구 추락사한 것이다. 뺨에 난 상처가 돌이나 난간에 부딪혔을 가능성을 시사한다.

내 생각 : 루카는 익사하지 않았다. 그러니까 적어도 물이 폐를 찢는 고통은 겪지 않았을 것이다. 그는 물살 속에서 허우적대지 않았다. 헛된 몸부림을 치다가 물속에 가라앉은 것이 아니다. 루카의 죽음은 순간적이고도 갑작스러웠다. 사후를 의식할 겨를도 없었을 것이다. 적어도 그 화는 모면한 것이다.

세번째 사실 : 시신은 발견되기 전 사흘 이상 물속에 잠겨 있었다. 시신이 부패하고 붓고 부풀어 있었던 상태가 더 잘 이해된다.

네번째 사실 : 시신이 강물에 떠내려온 거리는 그리 길지 않다. 사망 장소와 시신이 발견된 장소 사이의 거리는 오십 미터를 넘지 않는다. 시신이 즉시 발견되지 않았던 것은 현재까지는 밝혀지지 않은 이유로 물속에 잠겨 있었기 때문이다. 강바닥의 돌에 옷이 걸려 있다가 물살의 힘에 의해 빠졌을 때, 시신이 수면에 떠오른 것으로 추정된다.

내 생각 : 아르노 강의 바닥은 어떤 모습일까? 아마 그 무엇과

도 닳지 않았을 것이다. 강물은 흙탕물로 몹시 더럽고 탁해서 아무것도 들여다보이지 않는다. 물속은 캄캄한 밤일 것이다. 수면으로 향하는 것은 빛을 향하는 것이다. 그러나 루카는 빛을 보지 못했다.

이렇게 사고를 재현해보고 있자니 오싹한 공포가 밀려들지만 동시에 기이한 안도감이 들었다. 그렇다. 확실히 정확함과 면밀함은 내게 소중한 구명줄이다. 덜 외롭고 덜 무방비 상태라는 기분이 들었다. 그렇지 않았으면 무참해져 있을 텐데 차분해졌다. 이제 막 발견한 사실들이 나를 짓누를 수도 있었을 텐데, 반대로 버겁고 감당할 수 없는 무지의 짐을 덜어주었다.

때때로 모르는 것이 약이고 공상과 짐작에 만족하는 편이 낫다고들 한다. 또한 많은 사람들이 알지 않기를 원하고 좋은 추억만 간직하기를 바란다는 것도 안다. 나는 그런 부류에 속하지 않는다. 아니, 나는 그들과 같지 않다. 미치지 않기 위해 루카의 시체를 떠올리고 죽음의 연유를 따지는 일이 내게는 절대적으로 필요하다.

내가 이런 위안을 맛보는 동안, 기정사실이라고 간주된 것들 중 일부는 아직 수사에 따른 가정일 뿐이라고 수산나가 토를 단다. '죽음에서 완전히 확신할 수 있는 것은 아무것도 없어.' 수산나의 말이 마음에 걸린다. 정확히 무슨 말을 하고 싶은 것인지 따지고 싶지만, 나는 아무 말도 하지 않는다. 그저 이런 종류의, 시일이 지나 시신이 발견된, 목격자 없는 사고사에 대한 일반론일 거라고 이해할 뿐. 그렇더라도 수산나의 말은 나를 곧장 심연에 빠뜨린다.

'죽음에서 완전히 확신할 수 있는 것은 아무것도 없어.'

레오

이미 이야기했다. 루카를 만나기 전 나는 애착 없는 생활과 덧없는 만남들과, 결실을 맺어본 적 없는 우정과 순간적인 이해로 맺어진 관계와 소득이 있는 거래만을 알았을 뿐이라고. 스치는 추파와 온기 없는 기계적인 포옹과 내일이 없는 만남에 만족했었다고.

어느 날, 루카 살리에리가 내 앞에 와서 우뚝 멈춰섰다. 그리고 말했다.

"형제애에 대해서도 얘기를 나눌 수 있을 거요."

오로지 이 말 때문에 나는 그에게로 갔다.

나는 그에게로 갔다. 그럴 수도 있겠다는 예감이 들었기 때문이었다. 덜떨어진 소리로 들릴 수도 있을 것이다. 그러나 루카의 말을 들었을 때 내가 느낀 것은 정확히 내게도 그에게 다가갈 자격이 주어졌다는 것이었다.

전에는 결코 없었던 일이었다.

지금도 내가 왜 그렇게 확신했는지 설명할 길이 없다. 아마 이런 종류의 것들은 설명되지 않는 것이리라. 설명하려고 해보았자 소용없을 것이다.

그저 생각이 드는 순간, 철석같은 믿음이 되었을 뿐이다.

너무나 확실해서 갑자기 모든 것이 간단해져버렸다. 이 확신은 믿을 수 없을 만큼 기분 좋은 것이었다.

처음으로 결백해진 느낌이었다.

나는 우선 루카의 무심한 태도에 깊은 인상을 받았다. 초월한 듯한, 아무것도 대수롭지 않다는 듯한 표정이었다. 게다가 선물을 주는 듯한 태도였다. 심각한 것은 아무것도 없고 모든 것이 가능할 것 같았다.

아름다운 외모도 강한 인상을 주었다. 나른하고 섬세하고 우아했다.

확실히 이런 천사 같은 분위기와 예수 같은 태도, 아무렇지 않은 것 같은 행동, 슬쩍 쳐다보는 것 같은데도 마음속을 훤히 꿰뚫어보는 듯한 눈동자에는 저항할 수 없는 법이다. 그렇다. 속사정이야 어떨지 알 수 없지만 겉모습만은 순수한 복사* 같은 그 얼굴을, 잃어버린 소년 시절을 상기시키는 보조개를 패게 하는 그 웃음을, 얼싸안고 싶었다.

또한 우리는 확신하기만 한 것이 아니었다. 절박함도 있었다. 그렇다. 다급한 심정이 솟구쳤고 실제로 다급해졌다.

더는 지체하지 말고 우리가 잃어버린 시간을 따라잡아야 할 것 같았다. 서로를 알지 못했던 과거의 시간들을 다시 정복해야만 할 것 같았다. 그때까지 우연이 갈라놓았던 우리 둘 사이의 거리를 당장 없애야만 할 것 같았다.

그토록 절박했던 것은 말로 표현할 수 없을 만큼 유치하고 걷잡을 수 없는 두려움 때문이기도 했다. 이제 막 찾았는가 싶은 상대를 도로 빼앗길 것만 같은, 이제 막 만났는가 싶었는데 이별해야 할 것만 같은, 우리 앞의 생은 펼쳐지지 않을 것만 같은 두려움이었다. 지금 이렇게 말하고 있자니 구역질이 나지만, 당시 내가 했던 생각은 정확히 이랬다. 우리에게 시간이 있을까?

그후로 떨림과 흥분은 한 번도 가라앉은 적이 없었다. 그것은 우리를 명랑하고 왕성한 식욕을 가진 존재로 만들었었다.

---

* 미사 때 사제를 도와서 시중을 드는 소년.

루카

사실 안나에게 모든 진실을 털어놓기를 바란 적은 한 번도 없다.

물론 생각은 해보았다. 어떻게 그러지 않을 수 있겠는가? 그렇지만 늘 자제하고 삼갔다. 간혹 격정적인 친밀감에 휩싸여 진실을 털어놓기 일보직전까지 간 밤들도 있었다. 빠져나올 준비가 되어 있는 고백을 입술에서 느꼈다. 마침내 말해버리자는 유혹이 거기에 있었다. 그럴 기회가 생긴 적도 있었다. 취기나 쾌락에 순순히 맡기면 충분했을 것이다. 그러나 매번 마지막 순간에 말은 입안에 머물렀다. 내 은밀한 바람은 결국 말하지 않는 것이었다.

안나는 이 뒷걸음질과 자기 검열과 금지를 알아차렸을까? 여자들의 직감은 남자들보다 뛰어나다고들 한다. 나도 그렇게 생각한다. 여자들에게는 거의 틀리지 않는 일종의 육감이 있어서 단순히 눈에 보이는 것 그 이상의 것을 볼 수 있는 능력이 있다고들 한다. 맞는 얘기일 것이다. 내가 입을 다물려고 애쓴다는 것을 안나가 알아차렸을 거라거나, 내 작은 미스터리와 비밀을 파헤치고 그늘진 구석을 밝히려 애썼을 거라고 생각하는 것이 얼토당토않은 지레짐작은 아닐 것이다. 안나는 여러 차례 내가 이상하고 모호하고 피하는 것 같다고 생각했을 것이다. 그렇지만 질문한 적은 한 번도 없었다. 그녀는 사랑에 관해서는(사랑에 관해서만이다) 대답을 얻고 싶다면 질문하지 말아야 한다고 여기는 사람들에 속했다.

그리고 안나는 처음부터 나를 귀염을 너무 많이 받고 자라 버릇없이 멋대로 행동하는 아이처럼 굴도록 무조건 봐주기로 마음먹었다. 그녀는 내 잘못을 고치지 않기로 결정했다. 그리고 이 결정에 변함없이 충실했다. 나는 내 잘못에 충실했고.

그런 만큼 안나는 내게 하지 않은 질문들을 스스로에게 했을 것이다. 미스터리들을 혼자 풀려고 애썼을 것이 분명하다. 그녀가 마지막으로 내린 결론과 가정은 무엇이었을까? 나는 알 수 없다. 알 수도 없고, 알고 싶지도 않다.

그러나 우리가 서로 사랑한 것은 우리 사이의 미스터리 때문이기도 했다. 안나는 이 공모에 기꺼이 동참했다. 거기에서 매력을 살찌우고 우리 관계가 독특한 것이라는 확신을 일구었다. 이 독특함은 우리 관계를 지속시키는 비결이기도 했다.

정말이지 약간의 거짓말과 생략이 안나를 사랑하는 데 장애가 된 적은 한 번도 없었다. 나는 안나를 진정으로 사랑했다. 여기에는 어떤 모호함도 없다.

아니, 오히려 그 반대다.

곰곰이 돌이켜보면, 나는 레오를 제외하고는 안나에게 숨긴 것이 하나도 없다. 레오를 제외한 모든 것에 대해서는 완벽하게 투명했다. 이 세상에 감히 이렇게 선언할 수 있는 남자가 과연 몇 명이나 될까? 안나가 이 모든 것에 대한 계산을 마쳤을 때, 저울은 과연 어느 쪽으로 기울 것인가?

당신, 당신은 모든 진실을 말했는가?

안나

메디치 가에 있는 루카의 아파트로 향한다. 내게 아파트의 여벌 열쇠가 있다. 이 년쯤 전에 루카가 복사해준 것이다. 그가 열쇠를 내밀었을 때, 나는 놀라다 못해 거의 멍했었다. 그가 이런 일에 질색하고 이런 상징적인 제스처를 불신한다는 것을 알고 있었기 때문이다. 어느 날 저녁, 루카가 한마디 말도 없이 다짐도 하지 않고 열쇠를 건넸다. 내 오른손에 열쇠를 미끄러뜨려 쥐여준 다음 그 손을 오래 잡고 있었다. 얼마나 힘든 결정이었는지 헤아릴 수 있게 하는 행동이었다. 순간, 그가 손의 힘을 푸는 즉시 열쇠를 돌려줘야겠다고 생각했지만, 이어서 거절하는 것이 오히려 모욕이 되리라는 생각이 들었다. 힘들게 내린 결정이었을 텐데, 수치심까지 느끼게 해서는 안 될 것이었다. 부담을 느낄 필요 없다고 운을 띄울까도 생각해봤지만, 결국 아무 말도 하지 않는 쪽을 택했다. 침묵이야말로 그의 행동에 대해 내가 유일하게 취할 수 있는 태도였다. 나는 열쇠를 간직했다.

어쨌든 나중에 루카는 꼭 필요한 경우에만 열쇠를 사용해달라고 사정했다. 내가 아파트 열쇠를 가졌다고 해서 우리 사이의 습관이나 관례가 바뀌는 것은 아니라고 강조했다. 나는 그의 부탁을 들어주었다. 결국 그의 아파트로 향하는 지금에야 그동안 열쇠를 사용한 적이 한 번도 없었다는 데 생각이 미친다.

그리고 정확히 루카의 아파트에 들어서는 순간, 비로소 루카 없이 나 혼자 이 아파트에 있었던 적은 한 번도 없었다는 것을 깨달았다. 루카가 이 세상에 없다는 현실이 엄습해 몸을 가누기도 힘들다. 마치 무단으로 아파트를 침범해 강간한 기분이다. 문가에 꼼짝하지 않고 서서 되돌아갈까 진지하게 고민해본다. 하지만 알고 싶은 욕망이 더 강하다.

배신은 어느 순간에 시작된 것일까?

물론 나는 단서를 찾기 위해 이곳에 온 것이다. 나를 붙잡아주고 대답을 줄 어떤 실마리를 잡기 위해. 그렇지만 이 대답이 어떤 형태가 될지는 모른다. 즉 어떤 방향으로 단서를 찾아야 할지 알 수 없다.

제일 먼저 무질서가 눈에 들어온다. 아니, 무질서를 알아본다고 해야 맞겠다. 이 익숙한 무질서가 눈가에서 눈물을 뽑아낸다. 나는 울기 위해 소파에 무너져 무릎 사이에 얼굴을 묻는다. 세상에서 가장 큰 고통은 자진해서 짊어지는 고통이다.

나는 다시 몸을 일으켜 창가로 가서 창문을 연다. 빛과 바깥의 오염된 공기와 길거리의 소음을 방 안에 들이고 싶다. 외부의 술렁거림에 혼자라는 느낌이 덜하도록.

창에 등을 대고 서서 루카의 옛 영토를 시선으로 껴안듯 한 바퀴 둘러본다. 숨도 한번 크게 내쉰다. 용기를 내자! 어쨌든 나는 루카의 시신도 확인하지 않았는가.

가구들에 몸이 부딪힌다. 방의 면적과 가구들 간의 거리를 정확하게 파악하지 못했다. 나는 같은 장소를 여러 번 건성으로 지나다닌다. 루카의 물건에 감히 손댈 수 없다. 이 아파트는 성역이다.

몇 가지 종이 표식과 다양한 물건으로 경찰이 앞서 다녀갔음을 알 수 있었다. 무질서는 단지 루카의 습관 때문만이 아니었다. 경찰이 신속하고도 세심하게 아파트를 뒤진 결과이기도 했다. 그렇지만 그들은 아마도 지금의 나와 똑같은 어려움에 봉착했을 것이다. 즉 정확히 무엇을 찾으러 온 것인지 알 수 없었을 것이다.

나는 경찰들보다는 내가 루카를 훨씬 더 잘 알고 있다는 사실을 상기하며 스스로를 위로하고 안심시킨다. 범상치 않은 뭔가가 있다면, 여간해서는 내 눈에 띌 것이다.

나는 최악의 사태에 맞닥뜨릴 마음의 준비를 한다. 그러나 정작 뭔가를 발견하게 되면, 나 자신을 추스를 수 없게 되리라는 것을 이미 알고 있다.

레오

그 여자, 사진 속의 젊은 여자는 나에 대해 아무것도 모른다.

그 여자가 웃는 모습을 실제로 본 적이 없다. 하지만 나는 그 웃음이 어떤지 알고 있다. 버릇인 듯 고개를 기울인 자세와 팔뚝으로 머리카락을 쓸어올리는 동작도 알고 있다. 비록 정지된 모습이지만. 움직이지 않는 눈꺼풀로도 결코 꺼뜨릴 수 없는 시선의 광채도 알고 있다. 그녀가 가끔 입는 회색 폴라 스웨터도 알고 있다. 재질이 어떤지 쓰다듬어본 적은 물론 없지만.

안나 모란테는 내게 정지된 평면의 이미지다. 살아 있지 않은, 사진 속에서만 존재하는 여자. 하지만 아무것도 없는 것보다는 낫다.

아무것도 없는 것, 그건 바로 나다.

안나 모란테는 존재한다. 살아 움직이지는 않더라도 사진이 그녀에 대해 말해주기 때문이다. 나는 늘 죽은 사람을 보듯 그녀의 사진을 보았었다. 그럼에도 며칠 전 묘지에서 그녀가 살아 있음을 똑똑히 확인했다.

루카는 그 여자의 존재를 바로 알렸다. 내가 묻지 않았으니까 말하지 않을 수도 있었을 텐데. 그는 솔직해지는 편을 택했다. 내게는 거짓말하지 않기로 한 것이다. 거짓말은, 그 여자의 몫이었다. 진실은, 내 몫이었고. 이것은 공평함의 문제다. 루카는 이 선택에서 확고했다.

'선택'이라고는 했지만, 사실 루카 자신도 어쩔 수 없었던 부분, 그래야만 했던 부분, 통제할 수 없었던 부분이 있었을 것이다. 실제로 루카는 우리가 만나게 된 바로 그 순간의 매혹에 순순히 따른 것일 뿐이리라. 천성인 침묵과 미스터리에 특별히 저항하려 하지 않고, 마음 가는 대로 움직인 것뿐이리라.

루카가 옳았다. 만약 내가 나중에 루카가 숨겼다는 사실을 알게 되었더라면 그를 용서하지 않았을 것이다. 안나는 그를 용서할까?

루카의 눈이 나를 향했었다. 그러나 나를 바라보는 것이 아니라 자신의 눈을 들여다보는 듯한 장님의 눈이었다. 그리고 말했다.

"나한테는 여자가 있어. 이름은 안나야. 그녀와 얼마 동안 함께할지는 모르겠어. 어쩌면 평생일지도 몰라. 그렇지만 어쨌든 오늘은 그녀의 존재가 우리 사이에 문제가 될 수 없어."

"문제 삼지 않아. 나는 열외야."

나는 이렇게 대답했을 뿐이다.

어쩌다가 자신도 모르게 하게 되는 말이 있다. 아무 생각 없이, 다듬지 않고, 그 말이 불러일으킬 효과를 걱정하지 않고. 그 말은 한 치의 뒷생각 없이 순수하게 그냥 솟구친다. 직감적이고 즉흥적이며 어떤 의미에서는 어린아이의 말과도 같다. 순간 그 말이 정확하게 급소를 찌른다. 아주 마침맞은 말, 완벽하게 적절한 말이 된다. 어떤 깨달음처럼 떠올라 말한 본인도 감탄하게 된다. 말을 한 사람이나 듣는 사람 모두를 어린애처럼 환호하게 하고 들뜨게 하고 기쁘게 한다.

'나는 열외야.'

이 말은 루카에게 그런 종류의 말이었다. 이 말은 순식간에 루카의 머릿속을 밝히고 그를 결백하게 만들어주었다. 모든 질문을 없애고, 설명해야 한다는 짐에서 해방시켜주었다.

나중에 나는 덧붙였다.

"우리가 만나게 된 사연은 설명할 수 있는 게 아니야. 아무리 쉬운 말로 설명하려고 해봤자 소용없을 거야. 아무도 이해 못 할걸. 그러니 말해서 뭐하겠어?"

그래서 그는 침묵했다. 결국 그를 침묵하게 한 것은 나다.

나는 그렇게 말함으로써 세상 사람들의 눈에 영원히 아무것도 아닌 것이 되기를 자청한 셈이었다. 더구나 세상 사람들과는 아무런 볼일이 없었다. 내가 관심 있는 것은 오로지 루카의 시선뿐이었다.

어느 날, 루카가 말없이 안나의 사진들을 보여주었다. 배낭에서 사진들을 꺼내더니 내밀었다. 몇 분 후 그는 사진들을 집어들어 가방에 조심스럽게 도로 넣었다. 나는 아무것도 묻지 않았다.

루카

나는 행복한 삶을 살고 있었다. 그런데 어느 날 한층 더 행복해졌다.

격주로 일요일마다 피오렌티나 선수들의 경기를 보러 축구장에 갔었다. 그곳에서 점차 익숙한 얼굴들이 된 관중 한가운데 앉아 그들의 소리에 묻혀 덩달아 소리를 질러댔다. 사람들의 팔이 올라가면 나도 팔을 올렸다. 허벅지가 얼얼하도록 주먹질을 해댔고 결정적인 순간에는 눈을 질끈 감았다. 우리는 눈먼 군중이었다. 심판에게 욕도 퍼부었다. 욕하는 사람이 나 혼자만이 아니라는 사실이 모든 수치심을 거두어갔다. 경기가 끝난 후에는 선수들을 얼싸안고 싶었지만, 모두들 부둥켜안으려고 들었다가는 선수들의 몸이 성치 않을 것이다. 그렇게 두 시간이 지나면, 우리는 모두 지쳐서 숨을 헐떡거리면서도 이 국수주의적 열광을 절대 포기하지 말자고 서로 다짐했었다.

저녁에는 가끔 친구들이나 안나와 함께 파스타를 먹었다. 포크에 파스타를 감으면 소스가 방울져 떨어지면서 턱에 묻었다. 턱에 묻은 소스가 입을 크게 벌리게 하고 얼굴을 찡그리며 팬터마임을 하게 만들었다. 혀를 데고 위장은 묵직해진 채 우리는 웃음보를 터뜨렸다.

어느 날 저녁에는 포도주를 마셨다. 토스카나가 단연 최고다. 이 말에 이의를 제기할 사람은 아무도 없을 것이다. 아직도 내 목 안에는 키안티 포도주의 맛이 남아 있다. 머릿속에는 포도주가 춤추게 만든 별도 남아 있다. 가끔 주량이 넘게 포도주를 마셨다. 취기로 몸이 흔들리는 것이 나쁘지 않았기 때문이었다.

안나는 내게 웃어주었고, 나를 사랑했다.
나는 그 이상을 바라지 않았다. 그런데 레오가 나타났다.

운이 좋은 남자들이 있다. 그것도 억세게 운이 좋은. 내가 그중 하나다. 익사하지만 않았다면 말이다. 하지만 이렇게 죽은 것조차 운이 좋은 것인 줄 누가 알겠는가?

물론 나는 섹스를 했다. 그것도 아주 많이.

기억난다. 우리가 처음으로 이불 속에서 함께 뒹굴었을 때, 이야기는 이미 오래전부터 시작되었다는 것을 알 수 있었다.

이런 느낌을 상상할 수 있는가? 우리는 서로를 몰랐지만 서로의 모든 것을 알아보았다.

우리 몸은 단번에 서로에게 익숙해졌다. 살갗에는 이미 떨리는 손가락으로 남긴 우리의 지문이 찍혀 있는 것 같았고, 피로와 욕망의 냄새도 익숙했으며, 움푹 팬 귓속에 불어넣는 신음 소리도 이미 들어본 것 같았다. 목덜미를 스치는 듯한 짭짜름한 키스도 이미 받아보았던 것 같았고, 엉덩이가 왔다갔다하는 움직임도 비슷하게 느리고 어질어질했으며, 한 명이 팔을 벌리면 그것은 꼭 상대방의 가슴팍 넓이였다. 이와 동시에 우리는 미개척 영토를 탐험해야 한다는 것과 우리가 초보자처럼 당황하고 개척자처럼 긴장했다는 것도 분명히 깨닫고 있었다. 첫 경험과 익숙함이라는 두 감각은 우리를 동시에 쾌락으로 이끌었다. 현혹의 절대 경지에 들어서기 위해서는 쌍둥이와 같은 일심동체의 떨림을 겪어야만 한다.

나는 처음부터 이 현혹의 경지에 이를 수 있었다.

지금은 당연히 이런 감각을 조금 상실했다. 피오렌티나는 나 없이도 여전히 경기를 계속하고 있다. 만약 죽기 전에 누군가가 이럴 거라고 예언했다면, 말도 안 되는 소리라고 일축했을 것이다. 이탈리아인들의 접시에서는 여전히 파스타가 김을 피워올리고 있지만 내 접시는 이미 차가워졌다. 포도주는 넘쳐흐르지만 내 몸을 축이지는 못한다. 사람들의 육체가 뒤얽히고 있지만 내 기억 속에서 육체는 불분명해졌다.

어쨌거나 정직하게 밝히자면, 이 불분명함은 어제오늘 일이 아니었다.

안나

서랍을 열고 서류들을 꺼내 책상 위에 엎어놓는다. 옷장 문을 열어 옷들을 검사하고, 쿠션을 들춰보고, 컴퓨터 디렉토리를 하나하나 클릭해보고, 책들을 닥치는 대로 집어들어 주르륵 훑는다. 경찰 같은 이런 내 행동은 거리낌도 애정도 없고 거칠기 짝이 없다. 이번 기회에 이만큼 가증스러운 짓까지 할 수 있는 또다른 나를 발견한다. 아니, 그보다는 재발견한다는 것이 맞겠다. 이 가증스러움은 어렸을 때부터, 냉정하고 잔인한 어린 시절부터 있었던 것이 아니겠는가?

이건 정말이지 어려운 일이 아니다. 아무 생각 없이 그저 몸이 움직이는 대로 오싹할 만큼 무감동하고 무감각하게 행동하면 된다. 죄인임을 인정하기 위해서는 결백하기를 포기하면 된다.

우선은 아무것도 발견할 수 없다. 특별히 눈에 띄는 것도 유별나 보이는 것도 없다. 물론 모르는 문서에 눈길이 멎기도 했고, 한 번도 본 적이 없는 듯한 장식 골동품에서 시선이 늦춰지기도 했고, 전에는 눈에 들어오지 않았던 얼룩들을 발견하기도 했다. 이전에는 무심코 지나쳤던 것들을 새삼스럽게 발견하면서 나는 우리가 인간을 보듯 사물을 보지 않는다는 것을 깨달았다. 이 아파트에서 내 유일한 관심사는 루카였던 것이다.

수색을 마쳤지만, 새롭거나 수상한 것은 아무것도 발견하지 못했다. 거의 안도하는 마음이 된다. 루카가 내게 투명했으며 그의 죽음을 둘러싼 모든 수수께끼가 터무니없는 것이었다는 결론에 이르렀기 때문이다. 그러나 한편으로는 틀림없이 놀랄 만한 뭔가를 발견할 수 있으리라는 예상이 빗나가 당황스럽기도 하다.

차츰차츰 의심이 다시 똬리를 트는 것을 어쩔 수 없다. 무질서한 외양에도 불구하고 모든 것이 너무나 미끈하고 완벽하다. 그렇다. 만약 누군가가 이런 식으로 내 아파트를 뒤졌더라면 분명히 내가 숨기려던 뭔가를 발견해냈을 것이다.

갑자기 정확한 근거도 없이, 루카가 고의로 흔적과 단서를(그렇지만 무엇에 대한?) 모조리 없애려고 했고, 중요하지 않고 대수롭지 않은 장식품들만 남기려 했을 것이며, 그래서 껄끄러운 것들과 위험이 될 만한 세부적인 것들을 모두 없앴으리라는 생각이 든다.

이 지경에 이르도록 의심이 많아지고 과대망상이 된 나 자신이 한탄스럽다. 증거도 없이, 게다가 무슨 잘못인지도 모른 채 루카를 죄인으로 몰아세우다니.

그렇지만 비이성적이고 부당한 의심 때문에 나는 방 안을 새로운 눈으로 다시 한번 관찰했고, 마침내 까맣게 된 자료들 틈에서 루카의 글씨체가 아닌 글씨가 쓰인 종이 한 장을 발견했다. 옷가지들 사이에서 루카가 입은 모습을 한 번도 본 적 없는 낡은 티셔츠 한 장도 발견했다. 더구나 루카보다 한 치수 아래다. 또 컴퓨터 디렉토리 중에서 유일하게 패스워드로 보호되어 있는 목록과 서랍에서 모르는 사람의 몸이 뿌옇게 찍혀 있는 폴라로이드 사진 한 장도 발견했다. 특히 세 권의 책 첫 페이지에 휘갈겨쓴 이름을 발견했다.

'레오 베르티나.'

그밖에는 아무리 찾아봐도 특별히 수상한 것이 없다. 이제는 무엇이 되었든 간에 루카가 숨기려 한 것은 없다는 결론을 내려야겠다. 자기가 죽으리라는 것을 미리 알 수도 없었을 것이고, 또 만약 그랬다면 위장하려는 시도 자체가 그가 죽음을 예견했다는 추측을 하게 할 테니 말이다. 그렇지만 이번 기회에 나는 루카가 얼마나 빈틈없고 용의주도한 남자였는지 깨닫게 되었다.

그러자 억누를 수 없는 분노가 솟구친다. 오래전부터 시작되어 긴 시간 쌓여온 분노가. 나는 이 사실을 새로 알게 된 교훈처럼 깨닫는다. 곧 둑이 터질 거라는 예감이 든다.

레오

나는 늘 남자들을 좋아했었다.

이미 초등학교 때부터 남자 급우들을 집적거렸다. 바지에 손을 쑤셔넣기도 했고, 오락 시간이 되면 뜰에서 얼싸안기도 했으며, 고추를 구경하기 위해 화장실까지 따라가기도 했었다. 교실에서는 언제나 남자아이 옆에 앉았다. 제일 잘생긴 아이는 알레산드로 베레키아였다. 그 아이는 이탈리아인으로는 보기 드물게 곱슬곱슬한 금발이었고, 천진난만함과 프로의식을 동시에 갖춘 어린이 광고 모델들과 비슷하게 생겼었다. 알레산드로 베레키아도 나를 좋아했다. 물론 나와 같은 방식으로는 아니었지만. 나를 항상 자기 옆에 앉게 해주었고 껴안게 해주었으며 방과 후에는 나와 함께 집에 갔다. 지금쯤 알레산드로 베레키아는 결혼 적

령기의 젊은 청년일 것이고, 곱슬곱슬한 금발은 자취를 감추었을 것이다. 배도 약간 나왔을지 모른다. 우리의 어린 시절이 어떤 도랑으로 새게 될지 그 누가 알겠는가?

열두 살에는 도메니코라는 남자아이에게 사랑을 느꼈다. 나보다 두 살이 많았다. 당시 나와는 달리 그애의 몸은 이미 남자의 몸이었다. 이처럼 우리 사이에는 근본적인 불균형이 있었지만 나는 이것을 나쁘게 생각하지 않았다. 그애 부모님은 별채가 딸려 있는 엄청나게 큰 집에 살고 있었다. 그 집 헛간에서 나는 처음으로 남자의 성기를 만져보았다. 부드러웠다. 그후로 나는 이 부드러움을 뒤쫓기를 멈추지 않았다.

여기까지는 모든 것이 순수했다. 그다음부터 모든 것이 망가졌다.

경멸당하는 괴로움을 겪지 않기란 물론 불가능했다. 욕설을 듣지 않는 것도 불가능했다. 웃음거리가 된 것을 모른 척하는 것도 불가능했다. 사람들의 악의에 찬 심술은 너무 무거운 가방이다. 이 가방은 한시도 우리를 떠나지 않고 무겁게 짓누르며 우리 몸에 차츰차츰 배어들고 우리 귓가에 붙어 종알댄다. 때로는 구경거리를 제공하기도 한다. 우리는 그것과 함께 살고, 그것을 자신의 일부분으로 받아들여야만 한다. 인생에서의 첫번째 용기는 바로 아무런 근거 없이 우리에게 상처를 입히는 이 심술을 견뎌내는 것이고, 관례를 추종하는 자들의 공격을 이겨내는 것이다. 아무것도 모르면서 교훈을 주려는 자들과, 주입받은 교육으로 마비된 무지한 자들과, 자신도 알지 못하는 깊은 곳에서부터 솟구치는 분노를 어쩌지 못하는 순진한 자들이 가하는 매서운 타격을 비틀거리지 않고 받아내는 것이다.

성서에 다음과 같은 구절이 있을 것이다.

"저들을 용서하십시오. 저들은 자신이 무슨 짓을 하는지도 모르고 있습니다."

나는 용서하지 않을 것이다.

잘 알려져 있듯이 사나운 도시인 나폴리의 거리에서 나는 패배가 예정된 전투, 헛된 투쟁에 뛰어들었다. 그리고 수차례 퍼렇게 멍이 들고 여기저기 상처를 입고 바지는 찢어진 채로 집으로 돌아갔다. 나는 단 한 번도 싸움을 포기해본 적이 없었다.

이유를 묻는 부모님에게는 말도 안 되는 우화와 휘황찬란한 허튼소리들을 늘어놓았는데, 부모님은 대개 내 말을 곧이곧대로 믿었다. 아마 당신들의 아들이 사내다움을 단련하는가보다고 생각했을 것이다. 그 생각은 틀리지 않았다.

나폴리 변두리에 사는 공산주의자의 가정에서는 부르주아를 손봐주고 팔꿈치로 사람들을 밀치며 길을 헤쳐나가는 것을 나쁜 눈으로 보지 않는다. 지금 그때를 생각해보면, 공산주의가 이실

직고하지 않아도 되도록 나를 구한 것 같다.

싸움에 대한 내 취미는 지금도 여전하다. 남자에 대한 취미도
마찬가지다.

내가 평온함을 맛볼 수도 있으리라는 것을, 사랑이라는 단어
를 말하게 될 수도 있으리라는 것을 나는 몰랐었다.

루카와 함께, 이 모든 것이 가능했다.

루카

그러니까 이제부터 영원이 주어진 셈이다.

너무 긴 시간이다.

본질적으로 무한을 의미하니 셀 수조차 없다. 물론 과학자들
이야 그럴싸하게 설명해주겠지만, 우리는 단지 너무 길다는 것
만 알 뿐이다. 아이들 말로 말이다. 어쨌든 지하 침대에 누워 있
는 내게는 이 무한이 무시무시하게만 여겨진다.

나는 이렇게 긴 시간을 요구한 적이 없다.

중요한 것, 항상 내게 중요했던 것은 순간이었다. 찰나였다.
흐르는 시간과 시들어버리는 세월과 계획을 세우는 인생과 쌓이
는 추억들보다 더 절망스러운 것은 없다. 이렇게 넘쳐나는 한없

이 긴 시간과 마주한다면 이 영원을 누리기는커녕, 순간적인 즐거움과 번개처럼 스치는 행복감을 맛보는 짜릿함만 망쳐버리게 될 것이다.

그렇지만 잘 골라보면, 영원 속에서도 한 가지 위안은 찾아낼 수 있다. 그것은 젊음을 영원히 간직할 수 있다는 것이다. 나는 대리석 묘비에 우스꽝스럽게 걸어놓은 매끈한 얼굴을 영원히 소유할 수 있게 되었다. 그러나 시커메지고 구멍이 숭숭 뚫린 뼈 주위에는 송악 줄기가 감겨 있고 살은 잿더미가 된 주제에, 털끝 하나 다치지 않고 사진 속 모습 그대로 영원히 변치 않을 거라고 생각하다니, 이상하기는 하다. 한 줌의 폐물 부스러기일 뿐이면서도 불멸할 거라고 생각하다니.

나의 역설적이고 영원불멸한 젊음 때문에 살아남은 사람들의 노화는 더욱 버거워질 것이다. 실제로 가장 두려운 것은 소중한 이들에게 시간이 가하는 치명적인 작업을 막을 힘이 내게 없다는 것이고 그들이 퇴화 선고를 받았다는 것이다.

내가 안나의 기억 속에 아주 건강하고 싱싱한 젊은 청년으로 남아 있을 때, 안나는 눈가에 주름이 생기고 몸이 펑퍼짐해지고 동작이 굼뜰 거라는 사실은 생각조차 하기 싫다. 또 나는 레오의 기억 속에 활력과 에너지를 간직한 채로 남아 있는데, 레오는 건조한 걸음걸이와 매끄러운 얼굴과 우레 같은 웃음소리와 억누르고 있는 사나움을 잃을 거라는 사실은 상상조차 하기 싫다.

결국 영원이 나를 한없이 깊은 권태에 빠뜨리고 말 것이다. 죽음은 편안하다. 그 반대라고 할 수는 없다. 하지만 나는 휴식을 원하지 않았다.

강물 속에서 썩고 있었을 때는 이렇게 권태로우리라는 생각을 미처 못 했다. 수많은 질문과 후회가 나를 고문할 거라는 생각도.

안나

나는 루카의 데면데면한 태도에 반했었다. 무사태평하게 세상에서 한 걸음 물러나 있는 그 놀라운 능력에 이끌렸었다.

남자들은 대개 우리의 품안에 뛰어든다. 우리를 통째로 원하고 그럴 권리가 있는 것처럼 주장하고 요구한다. 우리의 허벅지에 손을 올려놓으면서, 허벅지 외의 다른 모든 것에 관심 있는 척한다. 루카는 나를 유혹하려고도 붙잡아두려고도 하지 않았다.

축구에만 열정을 보이면서도 단테를 읽는 남자에게는 놀라운 구석이 있게 마련이다. 여자의 이름이 베아트리체가 아니길 바라는 남자는 단번에 색깔을 드러낸다. 즉 그에게는 아무것도 기대할 것이 없다. 몇 시간 동안 카페테라스에 죽치고 앉아 있으면서도 벌어진 옷깃 사이로 보이는 여자의 가슴을 힐금거리지 않는 남자는 우리 이탈리아인들을 절망에 빠뜨린다. 그러나 나는 바로 이 태도에 곧바로 넘어갔다. 여자에게도 똑같은 것을 바라기 때문에 아무것도 묻지 않는 남자는 평범하지 않은 대화와 끝도 없는 침묵을 보장한다. 그를 위해 일부러 입은 원피스를 알아보지 못하고, 선물을 내밀면 고맙다는 말도 하지 않으며, 여자의 생일을 잊어버리는 남자. 이런 남자와는 오래된 연인이나 부부에게 불가피하게 찾아드는 치명적인 권태를 겪을 일이 없다. 여자를 자꾸만 거부하는 남자는 여자의 신경을 건드린다. 여자들 사이에서 흔히 벌어지는 신경전에서 느끼는 짜증보다도 더. 절대 만날 약속을 정하지 않고, 언제 다시 만날지도 알려주지 않으며, 화사한 저녁 식탁 위의 촛불을 꺼버리는 남자, 사용하지 말아달라고 부탁하면서 아파트 열쇠를 내미는 남자, 모두가 알다시피 일주일에는 분명히 일곱 밤이 있는데도 세 번이나 네 번의 밤만을 여자와 함께 보내는 남자. 이런 남자인 경우에는 모든 것을 용서하거나, 부리나케 달아나 다시는 돌아오지 않는 수밖에 없다. 여자는 여덟시부터 기다리고 있는데 아홉시에 나타나 한마디 사과도 없이 웃음을 보이는 남자, 바캉스를 떠나자고 해놓고 여행사와 관련된 실질적인 세부 절차를 모조리 여자에게 떠넘기는 남자. 이것은 그가 뻔뻔스러워서가 아니라 여자를 믿고 자신에 대한 여자의 애정을 믿기 때문이다.

아르노 강둑에서 이 남자의 시신이 발견되었다는 것은 그가 여자를 놀라게 하기를 완전히 포기하지 않았다는 표시다.

그러나 가끔 자신의 뜻과는 상관없이, 정말 그러고 싶지 않은 데도 의심을 품기 시작하면, 똑같은 이 남자가 갑자기 이기주의자에 조종꾼에 거짓말쟁이에 사람을 이용해먹는 인간으로 보일 수도 있을까? 어둠에 가려 있던 그의 얼굴에 직사광을 들이대면 이제까지는 볼 수 없었던 흉측함과 무시무시한 일그러짐이 드러날까? 그를 표현하기 위해 사용했던 형용사들이 이중의 의미를 가지며 다른 뜻으로 해석될 수도 있을까? 매력적이었던 것이 거슬리는 것으로 돌변할까? 놀라웠던 것이 충격적인 것이 될까?

문제의 이 남자는 그 모든 것에 앞서, 특히 여자의 편안함과 즐거움에 앞서, 자기 자신의 편안함과 즐거움만을 추구했던 것이 아닐까? 곰곰이 생각해보면, 그가 중요하게 여긴 것은 가장 가까운 사람을 포함한 주위 모든 사람들의 불이익에도 불구하고 전적으로 자신만이 보호받고 떠받들어지는 것이 아니었을까? 때에 따라서는 여자가 그 앞에서 무너지기도 하고 무릎을 꿇고 엎드리기도 했던 이 천사는, 자신의 지배적 위치를 남용한 것이 아닐까? 자기의 본모습만으로는 정당하게 주장할 수 없는 것을 여자에게서 얻어내기 위해, 천사의 순결성을 이용했던 것이 아닐까? 여자에게 지어 보이던 그 웃음은 단지 여자의 눈을 가리고 안심시키기 위해서였던 것은 아닐까? 그 전설적인 무심한 태도와 매력적인 천진함은 실은 여자에게 수많은 모욕을 꾹 참아 넘기게 하기 위한 이상적인 도구에 지나지 않았던 것이 아닐까? 결국 그의 모든 행동은 뛰어난 속임수요, 여자가 자청해 허겁지겁 뛰어든 올가미가 아니었을까? 더구나 아득한 옛날부터 남자들이 던지는 올가미에 여자들이 예외 없이 걸려들었던 것은 사실이지 않은가?

책들의 첫 페이지에 휘갈겨쓴 낯선 이름이 끔찍한 발견을 예고하는 것은 아닐까?

레오

집집마다 창문에 작은 등이 매달려 있다. 변덕스러운 날씨의 가을 별밤에 사람들이 잊어버리고 두고 간 등을 바라본다. 어쩌면 리피콜로나 축제*의 유쾌함을 조금이나마 더 누릴 수 있을까 하는 희망에서 일부러 두고 간 것인지도 모른다. 여기저기 휘황찬란하게 만발했던 불빛들이 이제는 드문드문 점선을 그리고 있을 뿐이지만, 이 남아 있는 불빛 속에서나마 우리의 즐거웠던 과거는 여전히 살아 있다.

그 9월 7일 피렌체 거리에서 루카와 나는 연인이었다. 우리는

---

* 오스트리아에서 유래한 등 축제로, 피렌체와 그 주변 마을에서 매년 9월 7일에 열린다. 이날이 되면 집집마다 등을 매달고, 거리에서는 아이들이 등불을 들고 행진을 하며, 아르노 강에는 등으로 환하게 치장한 배들이 떠다닌다.

이탈리아 여자들이 발코니에서 내뿜는 예쁜 색깔의 불빛들을 바라보았다. 공기는 뜨거웠고 인파가 밀집해 있었으며 우리는 마침내 비밀스러운 만남이 이루어지던 호텔 방을 벗어나 처음으로 함께 거리에 있었다.

나는 아무것도 바라지 않았는데, 느닷없이 루카가 따라 나오라고 했다.

"밖으로 나가자. 우리도 축제에 가서 포도주를 마시자."

말없이 그를 따라나서기는 했지만, 그가 갑자기 호텔을 나서 나와 함께 거리로 나가려는 데 놀랐다.

나는 방을 나서기 전에, 티셔츠를 뒤집어쓰고 청바지에 다리를 쩔러넣고 잠시 머리카락을 정돈했다. 방문턱을 넘어섰을 때, 루카가 내 목에 손을 얹었다. 마지막으로 울어본 것이 언제였던가. 아홉 살 때였다.

우리는 웃음소리와 고함 소리가 요란하게 울려 퍼지는 흥청거리는 거리를 오래도록 걸었다. 맥주를 마시며 아르노 강둑을 따라 걸었고, 낡은 건물에 등을 기대고 서서 지나다니는 사람들을 구경했다. 불빛이 덜 환한 골목길을 찾아 일부러 헤매 다녔으며, 한때 내 동료였던 녀석들과 맞닥뜨리지 않기 위해 역을 돌아서 갔다. 우리는 오염된 공기를 허파 가득 들이마셨으며, 거의 아무 말도 주고받지 않았다.

새벽 두시쯤 젊은 남자 하나가 다가왔다. 걸어오는 것을 보지 못했는데 어디선가 홀연히 나타난 것 같았다. 그 남자가 불을 빌려달라고 하자, 루카가 라이터를 내밀었다. 그는 선정적인 욕망이 담긴 동작으로 루카의 손을 잡고 담배에 직접 불을 붙여달라는 표시를 해 보였다. 루카는 웃으며 라이터를 켜서 불을 붙여주었다. 그들은 그 상태에서 몇 초간 꼼짝도 하지 않았다. 잠시 후 남자의 손이 풀어졌다.

그가 가고 나자, 루카는 한쪽 눈을 찡긋하며 젊은 남자들과의 지나가는 관계에는 취미가 없다고 설명했다.

만약 어느 날, 루카와 내 관계를 묻는 질문에 대답해야 한다면, 방금 있었던 이 일을 끄집어낼 것이다. 물론 아무도 이해할 수 없겠지만.

우리에 대해 말하는 사람들은 늘 통용되는 간단한 단어를 사용할 것이다. 하지만 그것은 딱 들어맞는 단어가 아닐 것이다. 복잡한 단어나 정교하게 다듬어진 형식이 필요해서가 아니다. 다만 틀리지 않고 정확히 겨냥해야 하기 때문이다. 사람들은 틀릴 것이다. 그들이 하는 이야기와 우리가 겪은 일은 다를 테니까.

루카

마지막으로 평온한 순간이다.

곧 광풍이 불어닥칠 것이다. 토스카나의 농부들은 누구보다도 이 순간을 잘 알고 있다. 그들은 하늘의 색깔과 올리브 나뭇가지의 기울기와 바람의 숨결을 외우고 있다. 그들은 천둥 비바람이 몰아칠 순간을 얼떨떨할 만큼 정확히 예측할 수 있다. 경사진 비탈을 오래 바라보고 있을 필요도 없다. 그저 몇 초간 언덕에 똑바로 서 있는 것으로 충분하다. 기다란 풀들이 가늘게 떨리며 들판에서 춤을 추거나 벌판에 그림자가 드리우고 구름이 형성되는 것을 보기만 하면, 그들은 정확하게 몇 시에 비가 내릴지 알아맞힐 수 있다. 절대 틀리는 법이 없다. 만약 등이 구부정한 노인네들이 갑자기 농가로 되돌아가기 위해 길거리에서 어정대거나,

실편백 숲의 무덤가에 죽치고 있던 만년 과부들이 남편들을 무덤 속에 팽개쳐놓고 집으로 돌아가거나, 매미의 노랫소리가 멈추거나, 녹색 떡갈나무들이 떨리거나, 야외 납골당이 평소보다 더 굳은 것처럼 보인다면, 의심할 여지가 없다. 곧 소나기가 쏟아질 것이다.

나는 회오리치는 잎사귀들 아래, 꿈쩍도 않는 돌무덤 아래 누워 있으면서, 처음으로 토스카나의 농부들과 같은 직감을 하게 되었다. 이제 나도 소나기가 퍼붓기 일보 직전이라는 것을 안다.

도시 곳곳에서도 조짐이 보이고 있다. 아르노 강의 물살이 급작스럽게 빨라졌고, 은근하던 파도는 이제 사납게 교각을 때렸다. 강물은 검은 음영과 함께 누렇게 돌변했고, 강기슭이 자취를 감추었다. 강이 준비하는 것이다. 거리를 지나는 사람들도 발걸음을 재촉한다. 어떤 이들은 성급하게 우산을 펼쳐들어 팬시리 바람에 휘청거리고, 어떤 이들은 하늘을 향해 고개를 들고 저 높은 곳의 위협을 두려운 듯 응시하기도 한다. 카페테라스에서는 웨이터들이 서둘러 식탁보를 접고 탁자들을 안으로 들인다. 해가 비칠까 하는 희망에서 열어둔 베란다 문들도 도로 닫힌다. 신문 가판대 상인들은 잡지 위에 방수포를 씌우고 포장마차의 상인들도 집기를 챙긴다. 비는 장사에 해를 끼친다. 사람들이 여기저기에서 옷깃을 세우고 고개를 숙인 채 걸음을 재촉한다. 군중

이 뿔뿔이 흩어진다. 창문이 닫히고 커튼이 내려진다. 무시무시한 전쟁이라도 시작되는 것 같다.

나는 먼지가 공중회전을 하고 있는 무덤에 누워 곧 들이닥칠 위협을 느긋하게 관찰하고 있다.

내가 할 수 있는 일은 아무것도 없을 것이다. 휘몰아치는 자연 앞에서 우리는 무기력한 존재로 전락한다. 전신불수의 구경꾼이 될 뿐이다. 우리 할머니들이 말씀하셨던 것처럼, 그저 '지나가기를 기다리는' 수밖에 도리가 없다. 할머니들이 옳았다.

구름은 종기처럼 터질 것이고, 강물은 화농성 상처에 고인 피처럼 흐를 것이다. 급류의 노기는 신의 노여움과 흡사할 것이다. 사십 년쯤 전에 물살이 모든 것을 쓸어가버린 적이 있었다. 피렌체의 노인네들은 이 재난을 잊지 않았다.

이번에는 선 채로 꿋꿋이 버티는 것들이 얼마나 될 것인가?

안나

오늘 경찰서에 다시 왔다. 여전히 똑같은 초록색 플라스틱 의자가 줄지어 있고, 시민들에게 주의를 요하는 벽보들이 붙어 있다. 공공기관의 한결같은 집기와 장식들은 우리에게 놀라움만큼이나 안도감을 준다. 모든 광경이 익숙해 보인다. 그러나 무엇보다 우리에게 익숙한 것은 관성이다. 이곳에서는 어떤 변화도 일어나지 않을 것이다. 몇몇 사람들의 의욕에 찬 노력에도 불구하고 관료주의는 언제나 승리할 것이다. 피곤에 전 제복들이 범죄를 막을 수는 없을 것이며, 타성에 젖은 공무원들이 미스터리를 밝혀내지는 못할 것이다. 경찰서 안에 체념한 이탈리아 전체가 있다. 해결사들과 범죄자들의 이탈리아가 경찰서 문가에 있다.

늘 똑같은 절름발이들의 행렬이다. 이곳에서는 오갈 데 없는 노인네들, 반항아들, 자살에 실패한 사람들, 수갑을 찬 터키인들, 철창 뒤로 보이는 매춘부들, 철제 평상 위에 겹겹이 널브러져 있는 알코올 중독자들, 피투성이가 된 동네 폭력배들을 볼 수 있다. 일요일 저녁의 변두리 병원 응급실과 무슨 차이가 있을까?

토넬로 형사와 만날 약속이 잡혀 있었다. 그는 수사가 거의 끝난 시점이라고 말문을 연다. 애초부터 수사할 것 따위는 있지도 않았다는 자백을 받아내고 싶지만, 용기가 없다. 이들이 이른바 타성과 은근한 기대감에서 추적한 자살이나 살해 가능성이 헛짚은 것이라는 결론이 나오지만, 나는 아무 말도 하지 않는다.

콧수염을 기른 형사는 대략 '실효성 있는 증거 부족, 전과 경력 전무, 질병 부재'를 거론한다. 이것이 그가 스스로 던진 의문들의 해답을 추적하는 것이 시들해진 데 대한 설명이 될 것이다. 나는 그를 연민하듯 바라보았다. 속마음은 그렇지 않았지만 적어도 겉으로는 그래 보였을 것이 틀림없다.

그는 루카가 복용했던 수면제에 대해서는 아무것도 알아내지 못했으며 가까운 사람들을 제외하고 '사망자가 알고 지냈던 사람들'을 자세히 조사해볼 거라고 말한다. 나는 예의 바르고 참을성 있게 듣는다.

새로울 것 없는 그의 얘기가 끝나자, 나는 혹시 레오 베르티나라는 사람에 대해 아는 것이 있느냐고 묻는다. 그의 안면근육이 실룩거리게 하기 위해서는 이 이름을 발음하는 것으로 충분하다. 우리의 유능한 사냥개는 막 뭔가를 발견했거나 천둥 번개라도 맞은 것 같다. 나는 이 갑작스러운 변화와 붉어진 안색과 즉각적으로 보이는 지대한 관심을 놓치지 않는다.

"그자는 우리 관내에 알려진 인물이긴 합니다. 그런데 아가씨, 아가씨 같은 분이 어떻게 그자를 알고 있는지 여쭤봐도 되겠습니까?"

'아가씨'라는 말을 강조하고 반복하는 것으로 보아 레오 베르티나는 내가 알고 지낼 만한 사람이 아님을 짐작할 수 있다. 불현듯 세상이 나뉘어 있다는 생각이 든다. 우리 모두에게는 각자가 내보내는 저마다의 이미지가 있는 것이다.

"실은 모르는 사람이에요."

이렇게 답한 뒤 나는 루카의 책장에 꽂혀 있던 책에 그의 이름이 쓰여 있는 것을 보았을 뿐이라고 덧붙인다.

"사망자의 아파트를 뒤지셨습니까?"

질문은 분명 비난에 가깝다. 엄한 취조투를 담고 있다.

"루카 살리에리와 제가 가까운 사이였다는 것은 기억하시겠지요? 그럼, 제가 그 사람 아파트에 쉽게 드나들 수 있다는 것쯤은 짐작하실 수 있지 않나요?"

대답은 빈정거림에 가깝다. 거짓말을 담고 있다.

"아파트를 수색하는 것은 경찰의 일입니다."

모욕에 가까운 단언이다.

"대체 저한테 숨기고 있는 게 뭔지 알아내고 경찰들의 태만에 대처하는 것은 제 일이고요."

나는 아파트를 수색했다는 사실을 부인하려조차 하지 않는다. 내가 당한 모욕을 되갚아주는 일이 더 급하다.

"더 할 얘기가 없으니 이만 돌아가시죠. 나중에 정보가 더 필요하면 아가씨를 소환하도록 하겠습니다."

아무리 좋게 말한다 해도, 대화는 뻣뻣하고 언짢게 끝났다. 더 버텨봤자 소용없을 것이다. 더는 아무 말도 해주지 않으리라는 것이 불을 보듯 훤하다.

나는 몸을 떨면서 토넬로의 사무실을 나선다. 형사를 동요하게 할 수 있는 인물의 정체를 알게 될 일이 두렵다.

레오 베르티나는 도대체 누구란 말인가?

레오

사복 경찰들이 역에 불쑥 나타나 뻣뻣한 태도로 다가온다. 나를 찾아온 것이 분명하다. 그들은 내 동료들에게는 전혀 신경쓰지 않는다. 녀석들에게는 잠시나마 눈길조차 주지 않는다. 평소에는 급습해서 참새 떼처럼 사방으로 흩어지게 하면서. 오늘은 오직 나를 향해 똑바로 걸어오고 있다. 그리고 내 앞에 이르자 신분증을 보여주면서, 미처 알아듣지 못한 어떤 이름을 밝히더니 따라오라고 한다. 굳은 어조지만 아주 위협적이지는 않다. 그저 '소란 피우지 말라'는 정도다. 갑자기 주위 녀석들 모두 각자의 자리에서 움직이지 않는다. 미동도 하지 않는다. 우리는 이미 오래전에 저항하기를 포기했다. 역을 빠져나가면서 뒤돌아보니, 한 무리의 녀석들이 각자의 기둥에 등을 기댄 채 서 있다. 그 모습을 보자 왠지 모르게 마음이 놓인다.

　나는 이 경찰들을 알고 있다. 이미 본 적 있는 얼굴들이다. 그중 한 명은 꽤 예쁘장하다고까지 말할 수 있다. 그가 경계선을 사이에 두고 나와 반대편에 있지만 않았더라도, 평범한 쾌락을 위해 내가 한번 해줄 수도 있었을 텐데. 그러나 그는 아마 결혼했을 것이다. 스물두 살짜리 애녀석과 침대에 드는 데 결혼이 걸림돌이 되지 않는 남자는 많다고 당신들은 말하겠지만.

　경찰서로 향하는 내내 그들은 한 마디도 하지 않는다. 차 안의 침묵이 약간은 비현실적이다. 어딘지 모르게 거북하다. 게다가 우리가 너무 바짝 붙어앉아 있는 탓에 거북함은 더 커진다. 차가 커브를 돌 때마다 예쁘장한 경찰의 무릎이 내 무릎에 닿는다. 순간 나는 고개를 돌려 그를 바라본다. 그의 시선이 흔들린다. 사모님이 걱정 좀 해야겠다.

　경찰서에 도착하자, 미셸 토넬로 형사에게 안내되었다. 나는 토넬로를 싫어하지 않는다. 그는 칼같은 사내다. 짤막한 콧수염 탓에 구닥다리 같은 인상을 풍기지만, 그것이 오히려 경찰로서 신뢰감을 준다.

　"레오 베르티나, 오랜만이다!"
　그는 이런 식으로 어쩔 줄 몰라하고 있는 사람의 긴장을 풀어

줄 줄도 안다. 그와 나, 우리는 친한 사이가 아니다. 결코 동지가 되지 않을 것이고, 친구는 더더욱 될 수 없을 것이다. 우리 사이에는 우리를 갈라놓는 커다란 틈이 있다. 서로를 존중하는 마음도 없으며 서로를 높이 평가하지도 않고 통하는 것도 없다. 우리는 동등하게 서로를 바라볼 위치에 있는지 고려할 필요조차 없는 사이다. 우리는 다른 세계에 속해 있다. 그것이 전부다. 그것으로 얘기는 끝이다. 그러나 나를 맞아주는 그의 말에 위선이 없다는 것은 느낄 수 있다. 그 이유는 모르겠다. 다만 그와 나, 우리가 서로에게 볼일이 무엇인지 알고 있다는 생각이 든다.

그와 나, 우리는, 우리가 루카 살리에리에 대해서 얘기하기 위해 마주하고 있다는 것을 알고 있다.

"9월 19일 금요일 저녁에 뭐 했는지 얘기해봐라……"

토넬로가 거두절미하는 스타일이라는 것을 잊고 있었다. 그는 곧장 본론으로 들어간다. 이리저리 돌아가는 것이 피곤해서일 것이다. 형사는 피곤한 사람이다.

"거짓말해봤자 소용없겠죠?"

저항할 수도 있었을 것이다. 질문에 대답하지 않고 속임수를 써서 사생활 침해와 간섭에서 빠져나가려 해볼 수도 있었을 것이다. 딱 잘라 대답하기를 거절할 수도 있었을 것이다. 매춘행위에 대해 심문당하는 것도, 하룻밤 닭장 신세를 지게 될지도 모른다는 위협을 받는 것도 아니니까. 손님들하고 보내지 않은 밤에 대해서는 미주알고주알 털어놓기를 거부할 수 있다. 사생활을 일일이 설명할 의무는 없다. 그러나 이들이 나를 연행한 것은, 어떻게 알았는지는 모르지만 이미 핵심을 알고 있기 때문일 것이다. 그렇다면 딴소리를 해봤자 무슨 소용이 있겠는가?

"물론 소용없다. 지금은 네가 참고인이니까."

그다음에는 피고가 되리라는 것을 알고 있다. 가만, 어디 보자, 내가 저지른 죄가 뭐였더라.

"9월 19일 금요일에 루카 살리에리랑 함께 있었는데요."

루카

수사에 속도가 붙고, 거리가 좁혀진다.

몇 권의 책에 배신당했다. 책에 쓰인 것에 주의할 생각조차 하지 못했다. 밀고자들에게는 입이 달리지 않았으므로 배신을 예상하기가 쉽지 않았다.

이제부터는 가능한 모든 일이 벌어질 것이다. 비극에서처럼 속수무책이다. 수사에 발동이 걸렸고, 발동이 걸린 이상 멈추지 않을 것이다. 후퇴와 우연과 행운과 사고를 빌어봤자 소용없다. 어쨌든 끝을 볼 때까지 갈 것이며, 끝이 어떨지는 예상 가능하다.

이제부터는 놀랄 일이 전혀, 혹은 거의 없을 것이다. 아마 몇 가지 변수가 생겨 주춤하는 일이야 있겠지만, 그 끝이 어디인지는 확실히 알 수 있다. 그것은 나락이다.

편리하게도 비극에서는 기적이 일어나는 경우를 제외하고는 희망 때문에 거치적거릴 일이 없다. 그러나 기적은 일어나지 않을 것이다. 신은 존재하지 않기 때문이다.

한 방울도 남김없이 성배를 비워야 한다. 구정물이란 구정물은 다 뒤적거리고, 어두운 곳에는 어디든 구석구석 불빛을 들이대고, 혼란과 대면하고, 진흙탕에 뛰어들고, 난봉질과 추잡함과 더러움을 바로잡고, 모욕을 주고, 설명과 해명을 찾고, 찾든 찾지 못하든 원인과 이유를 규명해야 한다.

결국 모두 패배자가 될 것이다. 이것이 바로 내가 피하고 싶었던 것이다. 그러나 아무도 내가 다른 사람에게 고통을 주고 싶지 않았다는 것을 믿지 않을 것이다.

이제 의혹과 은근한 중상과 비난이 종양이나 내 무덤 위의 국화꽃처럼 활짝 피어날 것이다. 차근히 쌓여갈 가설과 우리의 사냥개들이 달려들 가짜 먹잇감도 상상할 수 있다. 그러나 그들은 절대 진실에 도달할 수 없을 것이다. 알고 있는 것을 전부 말해준다 하더라도.

그들은 단지 나를 약간 더 가까이에서 볼 수 있게 될 것이다. 늘 아름다운 모습은 아닐 것이다. 잘생긴 남자들을 가까이에서 보는 일은 환상적이다. 그중에서도 특히 예외적으로 잘생긴 이들이 있다. 이런 남자를 발견하면, 붙잡고 놓아주지 말아야 한다. 레오가 바로 그런 남자였다.

사람들은 그림의 이면에 접근하게 될 것이다. 그리고 내가 평소에 그들의 마음을 약하게 만들던 매력적이고 이상적인 청년, 그들을 흡족하게 해주던 감탄스럽고 눈부신 청년만은 아니었다는 사실을 알게 될 것이다. 그들은 내 그늘과 어두운 면에 다가가게 될 것이다. 그리고 가증스럽다고 외치고, 배신이라고 소리칠 것이다. 이 모든 것이 단 한 사람의 모습이라는 것은, 똑같은 인간이라는 것은 한순간도 떠올릴 수 없을 것이다. 그러나 내가 그들에게 불러일으키는 수치심과 불쾌감을 초월하고 받아들인다면, 그다지 기분이 상할 일은 없다.

안나

그의 이름을 소리내어 말해본다.

레오 베르티나.

입술을 떼서 이 여섯 개의 음절을 내놓는다.

그리고 수산나와 주세페의 반응을 관찰한다. 두 분의 반응이
충분히 많은 것을 말해준다. 토넬로가 이미 신나게 떠들어댄 것
이 분명하다. 이 이름이 부모님에게 전달되었다. 지금 이분들이
구하는 것은 오직 평온뿐이고, 이미 당신들 몫의 악몽을 겪었으
며 더 원하는 것도 없고 무시무시한 재앙에 이미 세금을 바친 것
이기만 바라고 있을 텐데 말이다. 두 분의 표정이 동시에 약해진
다. 얼굴에 억눌린 괴로움과 회한이 깃들어 있다. 쳐다보기 힘들
지경이다. 하지만 아무도 이 고통을 거두어주지 못할 것이다. 고

통은 삶이 끝나는 날까지 이분들, 이분들의 몫이다.

루카의 부모님은 내게 더 말해주기를 거부한다. 두더지들이 땅 속으로 숨어들어가듯 침묵 속에 벽을 둘러치고 들어앉는다. 그들은 두더지다. 깊은 곳에 숨어 살도록 선고받은 작은 짐승.

수산나는 고집을 꺾기 일보 직전인 듯 보이지만, 주세페가 한 손으로 그녀의 팔을 꼭 붙잡아 만류한다. 훌륭한 전통의 가문들이 있다. 이 훌륭한 가문들은 니스 칠이 소리 내며 갈라질 때만 무너진다. 그러므로 중요한 것은 니스를 칠한 표면에 흠집을 내지 않는 것이다.

전화벨 소리가 이 새로운 가면극에서 나를 구한다. 운명의 종소리 같은 전화벨 소리가. 가정부가 와서 주세페에게 전화가 왔다고 전한다. 그가 자리에서 일어난다. 전화를 받고 돌아왔을 때는, 지금까지 그들이 숨기고 있던 것을 내가 알게 되리라는 것을 벌써부터 예감하고 있다. 그는 운명을 받아들이듯 결국 체념하고 방을 나선다.

수산나는 좀더 버틴다. 이렇게까지 저항하는 것은 나를 보호하기 위해서일까, 아니면 자기 자신을 보호하기 위해서일까? 고백은 누구에게나 어려운 일이겠지만, 듣는 쪽보다는 말하는 쪽이 더 힘든 듯하다. 부르주아 가정에서 자신들의 수치를 들추어내는 일은 당연히 치욕이다. 그렇지만 대체 어떤 흠이기에, 어떤 불명예기에 이토록 신중을 기하는 걸까? 이렇게까지 궁지에 몰려 쩔쩔매는 걸 보면, 고약해도 아주 단단히 고약한 악인가보다! 지금 나는 낭떠러지를 건널 때처럼 공포심을 몰아내기 위해 나만의 비아냥거리는 방법을 써보고 있다.

"레오 베르티나는 평소 피렌체 역에서 업무를 보는 남창이라는구나."

표현이 너무 이상하다. '남창'이라는 단어가 먼저 귀에 와 박힐 법한데, 그보다는 '업무를 보다'라는 표현이 더욱 충격적이다. 훌륭한 가문에서는 양식 있는 언행을 완전히 잃는 법이 결코 없다.

"그 남자 이름이 루카가 가지고 있던 책들에서 발견된 걸로 봐서 두 사람이 알고 지냈던 것 같아. 경찰들이 두 사람의 교제 이유를 알아내는 중이다."

이제는 '교제'라는 단어가 내 주의를 끈다. 아니, 차라리 상처를 입힌다고 하는 게 맞겠다. 나는 이 단어에, 수산나의 입으로 말해지지 않은 사랑이라는 단어를 대입해본다. 머리가 터질 것 같다.

"경찰들이 의혹을 품고 있다면, 정확히 무엇에 대한 의혹을 품고 있는 건데요?"

침착하자. 얘기에 집중하자. 상황을 객관적으로만 보려고 하

자. 가슴속에서는 모든 것이 무너져내려도 대화에 관심이 있는 척하자.

"베르티나라는 그 사람은 경찰서에선 유명하다는구나. 절도로 잠깐 유치장 신세를 진 적도 있고, 이 년 전에는 애아버지 한 명을 협박한 적도 있단다. 아마 루카도 그 위인한테 착취당한 희생자였을걸."

어떻게 해서 루카가 그 협박범의 손아귀에 들어가게 된 걸까? 감히 묻지 못한다. 어떤 답이 나올지 짐작한다.

레오

토넬로의 느릿느릿한 목소리가 거의 감미롭게 들린다. 그의 태도는 약간 멋스럽기까지 하다. 위험이 느껴지지 않는다. 그렇다고 안심이 되는 것도 아니지만. 비약해서는 안 된다. 그러나 모든 것을 순순히 털어놓아도 되겠다는 생각이 든다. 순순히 털어놓으면, 결국 다 털리게 되어 있음을 알더라도.

내게 처음으로 우리의 은밀한 호텔 방 밖에서 루카의 이름을 발음하고 루카에 대해 말할 권리가 주어졌다. 처음으로 루카가 없는 자리에서 그에 대해 소리 높여 말하는 내 음성을 듣는다. 이런 날이 오기를 자주 꿈꾸었었다. 그러나 내 고백을 들어줄 사람이 형사이리라고는 꿈에도 생각지 못했다.

경찰서의 멋없는 사무실에 울려 퍼지는 루카의 이름은 과연 어떻게 들릴 것인가?

이제 나는 불이 타오르는 것을 느낀다. 몸속에서 나를 집어삼키는 뭔가가 느껴진다. 속에 불이 난 것 같기도 하고, 암이 퍼지고 있는 것 같기도 하다. 말을 해야 할 것 같았었다. 머릿속에서 끊임없이 단어들을 떠올렸었다. 하지만 아무리 머릿속에서 천번 만번 굴려보아야 소용없다. 이 자리에서는 그 말을 전부 찾아낼 수 없을 것이다. 심지어 지금 튀어나올 말은 그보다 덜 적절하고 옆길로 샌 듯한, 전혀 다른 말이 되리라는 것을 확신한다. 말은 진실을 비켜갈 것이 틀림없다. 아마 진실의 자리에는 토넬로가 자기 자신의 말을 끼워넣을 것이다. 결국 개죽이 될 것이다.

오랫동안 간직해오던 비밀을 털어놓으면 짐을 내려놓은 것처럼 홀가분해질까? 아니면 반대로, 말해버린 것을, 자기에게만 속해 있던 것을 남에게 줘버린 것을 후회하게 될까? 해방되었다고 느낄 것인가, 탈취당했다고 느낄 것인가?

"너하고 루카 살리에리는 정확히 어떤 관계였냐?"

질문은 갈피를 잡지 못하거나 우물거리지 않고 명확하다. 단도직입적으로 거침없이 핵심을 겨냥한다. 가야 할 방향을 정확히 제시하는 동시에, 최대한의 정보를 뽑겠다는 의도가 분명하다. 토넬로는 나름대로 프로인 것이다.

"루카는 내가 살고 있는 솔페리노 호텔로 가끔씩 나를 만나러 왔어요."

한 번에 전부 내주지 말자. 지금은 경찰이 헤매게 될 부분들은 말하지 말고 기본적인 것, 즉 사실만 말하자.

"손님이었어? 단골손님?"

우리에게는 각자 채워야 할 칸이 있고 역할이 있다. 토넬로에게 나는 몸 파는 놈, 그 이상도 그 이하도 아니다. 그밖에 다른 기능은 전혀 없으며 쓸모도 없다. 나를 상대하는 사람들은 무조건 직업적인 볼일을 보려는 사람들이다. 어쨌거나 내가 오늘 그와 마주하고 있는 것도, 오로지 그가 형사이기 때문이 아닌가. 우리는 서로의 직업 때문이 아니라면 절대 만나는 일이 없었을 것이다.

"아니요."

자, 이렇게 해서 완벽하게 기름칠되어 돌아가던 기계에 모래알이 던져졌다. 동그랗고 뚜렷하고 알아보기 쉬운 글씨로만 쓰여야 하는 이야기책의 하얀 페이지에 얼룩이 생기고, 둥글게 잘만 돌아가던 우리 세상에 모가 나게 되었다. 토넬로의 슬픈 얼굴에 놀라움이 인다. 그가 놀란 것은 내 말을 믿어서가 아니라, 내가 발뺌하지 않고 거짓말하지 않을 거라는 규칙이 우리 사이에 이미 성립되었다고 간주했기 때문이다. 그는 낙담했다. 실망했다. 토넬로는 내가 진실을 말했다고는 절대 생각하지 않을 것이다. 이 근본적인 오해가 우리를 철저하게 갈라놓는다.

루카

불쌍한 레오.

그들은 레오에게 모욕을 주고 수치의 극단까지 끌고 갈 것이고 설명할 수 없는 것을 말하도록 몰아세울 것이다. 레오에게는 행복한 사람들의 것인 빈약한 단어들과 부랑아(사람들은 레오 같은 이들을 편리하게 이렇게 일컫는다)들의 것인 혈기만 있을 뿐인데.

그들은 세부사항과 날짜와 장소와 상황을 가지고 다그칠 것이다. 간교하게 의혹을 확신으로 만들 것이다. 자기들이 그리 호락호락하지 않으며 바보 취급해서는 안 된다는 것을 레오에게 알려줄 것이다. 그러면 레오도 화가 나 지름길을 택하고 마지못해 그들의 말이 맞다고 할 것이다.

그들은 레오를 조종하고 위협하고 얼러맞추는 등 할 수 있는 것은 차례대로 다 해볼 것이며, 결국 레오는 두 손을 들고 말 것이다. 이런 상황에서는 연약함이 본모습을 드러내게 마련이다. 레오의 연약함은 어린 시절에서 비롯된 것으로, 그에게서 떠난 적이 없다. 강인해 보이는 것은 겉모습일 뿐이다.

불쌍한 안나.

안나는 끝없는 질문의 고통 속에서 방황할 것이다. 그녀는 우물 속에 던져진 작은 나무판자와도 같다. 우물의 암벽에 부딪혀 튀어올랐다가, 잦아들어가는 소리 속에서 점점 더 멀어지고 깊어지는 바닥에 떨어질 때까지 끝나지 않을 추락을 계속할 것이다.

경계선을 찾아 떠나지만 늘 거부당할 것이고, 그나마 찾아낸 새로운 영토는 황폐할 것이다.

그녀는 어림짐작과 해석에서 벗어나지 못할 것이다. 안심하고 싶어질 것이고, 썩은 나뭇가지라도 붙잡아야 할 필요를 느낄 것이다. 모래 속에서 허우적대면서도 그 속에 파묻히지 않기 위해 눈에 띄는 막대기를 두 손으로 움켜잡을 것이다. 그 막대기가 칼날이었다는 것을 깨달았을 때는 이미 늦었을 것이다.

불쌍한 부모님.

여기, 기억 깊은 곳에 묻어버렸다고 생각했던 악몽을 다시 겪고 있는, 선고받은 자들이 있다. 내가 열일곱 살이었을 때 겪은 그 재난이 털끝 하나 건드리지 않은 모습 그대로 부모님에게 다시 일어났다. 과거가 현재가 되어 나타난 것이다. 과거의 유령들과 곰팡이들이.

부모님은 거치적거리던 것을 치워버렸고 골치 아픈 사건에서 벗어났다고 생각했다. 그런데 이제 모든 것이 다시 시작되었다. 부모님은 모든 의혹을 씻어버렸다고 생각했는데, 또다시 남아 있는 얼룩이 발견되었다. 하지만 치욕은 질기다. 그렇지 않은가?

그것은 지워지지 않는 얼룩과도 같고 사라지지 않는 오점과 같으며 영원히 지녀야 할 결함과도 같고, 어떤 신도 사해주지 못하는 죄와도 같다. 십자가에 못 박힌 예수가 구해줄 수도, 커다란 계단 벽에 걸려 있는 그림 속에서 고통에 휩싸여 있는 성모상이 바로잡아줄 수도 없으며, 주일 아침 미사 때 드리는 기도로도 원죄를 씻을 수 없다. 부모님은 지옥과 저주를 피하지 못할 것이다.

이 모든 것이 웃음을 터뜨리게 하지만, 이 웃음은 절망에 찬 냉소일 것이다.

안나

수치심에 몸을 숙인 루카의 어머니를 바라본다. 그녀는 그 반대일 것이 분명한데도, 앞으로 발견하게 될 나머지 사실이 자신이 알고 있는 것보다 더 나쁜 것이 아니기를 바란다. 나는 루카 어머니의 넋 나간 표정과 서툰 몸짓과 방황을 응시한다. 안절부절못하며 다리를 떨고 있고, 뼈만 남은 손으로는 레이스 손수건을 구기고 있다. 그녀는 가문의 문장紋章들이 휘황하고 엄숙하게 들어찬 벽 아래 앉아 엄격해 보이는 원피스 속에서, 운명에 짓이겨 구겨지고 다소 우스꽝스러워진 초라한 존재로 전락해 있다. 불현듯 지금 내가 응시하는 것이 바로 나 자신이라는 생각이 든다. 오늘만큼 내가 루카의 어머니와 닮았던 적은 없다. 나도 그녀처럼 옹색하게 늙었으며 끔찍한 저주를 받았다.

사실 나는 첫날부터 루카의 어머니를 닮아 있었다. 이 가문에 들어온 것이 아니라, 아예 그 안에 녹아들었다. 이 집안 사람들은 나를 맞아들일 필요조차 없었다. 내가 이미 내 집에 있었기 때문이다. 나는 이 집안의 관례와 지침을 찾지 않았다. 이미 알고 있었기 때문이다.

레오 베르티나에 대해 수산나가 한 말을 입속으로 되뇌어본다. 단어 하나하나 자로 잰 듯 세심하게 선택되어 재단된 말임이 느껴진다. 이 말들이 얼마나 상황을 축소하고 깎아내리고 일반화하고 싶어하는지가. 이 모든 것은 무의미하게 보여야 하는 것이다. 그러나 바로 과소평가함으로써 감추려던 것은 드러나고 만다. 회피하는 듯한 태도가 날카로운 관심을 모은다. 이 은폐가 추적을 앞당긴다. 우리에게 더 많은 정보를 주는 것은 언제나 그렇듯 말해지지 않은 것들이다. 진실을 배반하는 것은 망설임이며, 가리키는 것과 반대 방향을 바라보게 만드는 것은 외면하는 눈길이다.

질문이 끊임없이 솟아난다.

루카는 어떻게 해서 레오 베르티나를 알게 된 걸까? 어떤 기회에? 어떤 운명이 어울리지 않는 이 두 사람을 짝지운 걸까? 교집합이 전혀 없는 서로 다른 세계의 두 사람이 그토록 가까워진 것을 어떻게 설명해야 하나?

두 사람은 자주 만났을까? 수산나의 고리타분한 표현대로 정말 '교제'라도 한 걸까? 아무튼 루카가 전혀 모르는 사람의 책을 집에 두지는 않을 것이다.

자주 만났다면, 만나서 무슨 얘기를 나누었을까? 두 사람이 함께할 수 있는 것은 무엇이었을까? 공통점은 무엇일까? 그들을 가깝게 한 것, 즉 '교차지점'은 무엇일까? 어디에서 친밀감이 비롯된 걸까?

레오 베르티나에게 전과가 있다는 것을 루카는 알고 있었을까? 그 남자의 과거사와 현재 관심사에 대해 무엇을 알고 있었을까? 그들은 얼마나 가까웠으며 얼마만큼 서로를 신뢰한 걸까?

레오 베르티나는 루카에게 해를 끼치려고 한 걸까? 루카를 억지로 잡아끌고 협박하고, 불건전한 영향을 끼친 걸까? 아니면 그 남자가 이끄는 대로 루카가 별생각 없이 순순히 끌려들어간 걸까? 그랬다면 정말이지 루카다운 행동이다. 그것도 아니라면, 루카가 자진해서 늑대의 입안에 몸을 던진 걸까?

레오 베르티나는 늑대일까?

경찰들은 그의 어떤 점을 조사한다는 걸까? 의심가는 것이나 단서가 있는 걸까? 그렇다면 무엇에 대한? 증거를 확보한 걸까? 그렇다면 어떤 증거? 그에게 자백을 받아내기라도 한 걸까, 아니면 그저 의례적인 사실 확인일 뿐인가?

갑자기 이 모든 질문이 참을 수 없어진다. 나는 양손으로 머리를 감싸쥐고 속으로 울부짖는다.

그중에서도 제일 답을 알고 싶은 질문은 문장으로 만들어낼 엄두가 나지 않는다.

루카 부모님의 집을 나와 거리로 나서자 배기통에서 나오는 시커먼 연기가 얼굴을 덮친다. 연속적으로 폭음이 터진다. 오토바이 한 대가 시동을 걸고 있다. 나는 급히 자동차에 올라탄다. 내가 추락하는 것을 붙잡아주고 길바닥에 쓰러지는 것을 막아주는 것은 이렇듯 지나가는 우연이다.

레오

"네가 무슨 말을 하는지 감이 잘 안 잡히는군. 루카 살리에리가 호텔 방으로 너를 만나러 와놓고, 그 대가도 지불하지 않았단 말이냐?"

질문은 덜 느긋해지고 더 단호해진다. 이것은 학교에서 맞는 답에 체크하고 빈칸을 채워넣듯, 누구나 알아보기 쉽게 간단한 단어로 조서를 작성하고 사실을 정립하는 일인 것이다. 토넬로 형사는 삐져나오지 않게 보고서 칸에 내 설명을 채워넣어야 한다.

"바로 그거예요. 감 잘 잡으셨네요."

그의 단어를 사용하자. 말을 되돌려주자. 위험을 무릅쓰고 짜증을 돋워보자.

"그자가 네 방에 뭘 하러 온 건지 설명해보겠어?"

아마도 나는 설명할 수 있을 것이다. 아니, 설명하고 싶은 건가? 아니, 설명해야만 하는 것이 아닐까?

"어느 날 산타마리아 노벨라 역에서였어요. 한 남자가 내 앞에 나타나 자기 이름이 루카 살리에리라고 했어요. 그 전에는 본 적이 없는 얼굴이었죠. 그냥 나하고 자고 싶은가보다고 생각했어요. 그날 기분이 별로였거든요. 그래서 욕을 퍼붓다시피 했는데, 루카는 끄떡도 하지 않았어요. 나중에는 우리가 형제가 될 수 있지 않겠냐고 그러더라고요. 그 이유는 형사님한테 설명할 수 없지만, 나는 루카의 말을 믿었어요. 이해가 가세요?"

"아니. 전부 헛소리 같다."

형사는 돌려 말하는 것을 좋아하지 않는다. 상대방의 기분에 맞춰 말을 꾸미려고 하지 않는다. 완곡하고 교묘하게 말할 줄 모른다. 어떤 면에서는 나도 이편이 좋다. 적어도 시간 낭비를 할 일은 없을 테니까.

"둘이 같이 잤지? 그래, 안 그래?"

이분법으로 만들기, 게임 끝내기. 토넬로는 일을 해야 한다.

"그렇게만 물으신다면, 대답은 그렇다예요."

갑자기 그의 얼굴에 자백을 받아낸 형사의 안도감이 떠오른다. 온몸이 풀어지면서 승리의 떨림이 인다. 가소롭다.

다음 차례는 보고서다. 나는 읽어보지도 않고 서명했다. 상단에 국립경찰 마크가 찍혀 있는 서류에는 눈길조차 주지 않았다. 아마 내가 한 말이 쓰여 있을 것이다.

"거봐라, 일이 이렇게 진척되니까 좋지 않냐? 그러니까 루카가 사망한 날 밤에 둘이 같이 있었단 말이지?"

"금요일 밤에 같이 있었어요. 루카가 죽은 것이 그날 밤인지는 모르겠지만요. 언제 죽었는지 모르거든요."

"그날 밤에 죽었다."

"형사님한테 처음 듣는 얘기예요."

"그런데 그다지 놀라는 것 같지 않구나."

"놀라운 것은 루카가 죽었다는 거고, 나머지는 하나도 중요하지 않아요."

"누가 수면제를 잔뜩 먹여 강물로 떠밀었다면 얘기가 다르지."

"말도 안 돼요."

"확신하냐?"

"확신하는 건 아무것도 없어요."

"결국 너나 나나 마찬가지구나. 내가 너보다 호기심이 많다는 것만 빼놓고는."

"그게 형사님 일이잖아요."

"맞다. 하지만 그 일이 항상 재미있는 것은 아니야."

"그래도 만족이라는 게 있잖아요……"

"어떤 만족?"

"피의자한테서 자기 애인을 강물에 떠다밀었다는 자백을 받아내는 것 같은 거요."

"너는 피의자가 아니다. 지금은 참고인일 뿐이야."

루카

그가 문을 열고 먼저 방으로 들어갔다. 나는 그를 따라 들어갔다. 이야기가 시작되었다.

그는 이 방에 들어온 사람은 지금까지 아무도 없었으며, 내가 처음이라고 말했다. 나는 의심하지 않았다.

우리 사이에 거짓말이 있어서는 안 되었다. 거짓말과 끝장낼 수 있게 되었다고 생각했다.

나는 어두운 방 한가운데 서 있었다. 그가 창문을 열었다. 강이 보였다. 과연 나는 틀리지 않았다.

그렇게 한참 서 있었다. 그도 앉으라고 하지 않았다. 하지만 어색하지 않았다. 전혀 그렇지 않았다.

그가 욕실에 가려고 나를 스쳐 지날 때 기차역 냄새가 났다.

나는 혼자 남아 방 안 구석구석을 둘러보았다. 즉시 내 집에 온 듯한 편안함이 느껴졌다.

그가 욕실에서 나왔다. 젖은 머리카락에서 물이 뚝뚝 떨어져 티셔츠를 적시고 있었다. 익숙하게 느껴지는 장면이었다.

그는 슬프고 추적거리는 분위기의 연주에 실린, 가슴을 찢는 목소리를 틀었다. 페리 블레이크의 〈Broken Statue〉였다.

그리고 담배에 불을 붙인 다음 소파에 앉았다. 내가 따라 앉자 그가 담배를 내밀었다.

열린 창으로 길가 아래쪽에서부터 소음이 올라왔다. 아이들의 고함 소리도 들려왔다.

마침내 그가 입을 열었다.

"내 이름은 레오야."

"알아."

내가 대답했다.

그는 어떻게 자기 이름을 아느냐고 묻지 않았다.

그는 소파에 기대 몸을 묻은 다음 고개를 뒤로 젖혀 소파 가장자리에 목을 얹었다. 울대뼈가 돌출되었다.

나는 그에게 몸을 기울였다. 그의 배 쪽으로 머리를 눕히고 다리가 소파 밖으로 나가지 못하도록 무릎을 접었다. 그리고 그의 엉덩이 사이에서 잠들었다.

잠에서 깨어났을 때는 날이 저물어 있었다. 그는 그 자리에서 꼼짝도 하지 않고 있었다. 옆에 놓인 재떨이에 몇 개비의 담배가 비벼꺼져 있었다.

창문은 여전히 열려 있었고, 음악은 오래전에 멈추었다. 길가 아래쪽에서는 여전히 차들이 지나다니고 있었으며, 아이들은 집으로 돌아갔다.

나는 몸을 일으켜 눈을 비비고 허공에 시선을 고정했다.

그가 팔을 벌려 내 등에 손을 얹었다. 나는 몸을 돌려 그에게 키스했다.

나는 거짓말과 끝장낼 수 있게 되었다고 생각했다.

안나

형사가 다시 면담을 수락했다. 그는 내게 동정심과 연민을 표하려 하는 것 같았다. 가까운 사이의 사람들끼리 나쁜 소식을 전할 때나 낙심한 마음을 위로하려 할 때 흔히 보이는 난처한 표정을 짓고 있다. 손목마저 흐느적거린다. 보호본능이라는 엉뚱한 충동에 저항하지 않는다면, 나를 껴안아주기라도 할 것만 같다. 내 몰골이 차마 봐주기 힘들 만큼 엉망인 모양이다.

나는 아무것도 묻지 않는다. 갑자기 이 초라한 사무실에서 형사와 단둘이 마주하고 있다는 사실에 말문이 막힌다. 침묵 속으로 움츠러든다. 한 마디 말도 뱉어낼 수 없다. 헛구역질이 나려고 한다. 울음이 터지는 것을 참다니 장하디장한 일이다.

그는 괴로워하는 나를 쩔쩔매며 지켜보고 있다. 하지만 지금까지 이런 사람을 셀 수 없이 보아왔을 것이다. 그는 불행을 당한 이들에게 익숙한 사람이다. 절망에 면역이 된 사람이다. 그럼에도 나는 특별히 더 연민을 자아내고 있는 것 같다. 그의 부드러운 시선과 조심스럽고 느릿한 몸짓과 배려하는 행동을 보면 알 수 있다. 지금 이 사람에게 나는 휠체어 깊숙이 조심스럽게 앉혀주어야 하는 장애자인 것이다. 길을 건너는 것을 도와주어야 하는 장님인 것이다.

동정을 얻으려고 연극한 것이 아니다. 형사의 마음을 약하게 할 생각 따위는 없다. 단지 뭔가가 나를 덮쳐 으스러뜨리고 뼈를 휘게 하고 짓이겼을 뿐이다. 머리 위에서 맴돌고 있던 위협이 마침내 떨어져 그 무게로 나를 짓누르기라도 한 것처럼.

토넬로가 물잔을 내민다. 나는 아이처럼 꿀꺽꿀꺽 물을 마시고 나서 고양이처럼 잔을 후루룩 핥는다. 일종의 퇴화다.

그리고 마침내 더듬거리며 말을 꺼낸다.

"레오 베르티나가 누구인지 알았어요. 왜 지난번에 왔을 때 말씀해주시지 않았나요?"

이 우물거림 또한 어린아이로의 퇴행이다.

"이런 사안은 함부로 발설할 수 없게 되어 있습니다. 아가씨와 희생자와의 관계가 아무리 가까웠다 할지라도, 아가씨는 가족이 아니니까요."

피는 모든 것의 우위에 있다. 같은 피가 아니면, 끼워주지 않는다. 십계명에 쓰여 있다.

"저와 희생자의 관계라고요? ……이런 사이를 말하는 법이 독특하시네요…… 하긴 경찰들이 쓰는 언어가 감상적이진 않죠. 아닌 게 아니라 형사님이 옳으세요. 특히 루카의 모든 것을 제가 속속들이 알고 있지 않았다는 게 이제는 분명해 보이니까요……"

이 고백이 가장 고통스럽다. 우리는 고백하고 났을 때, 가장 힘든 일을 해낸 것이기를 바란다.

"레오 베르티나와 루카 살리에리의 관계를 전혀 몰랐습니까?"

형사가 재빨리 내 말을 이어받는다. 동정심은 오래가지 않는다. 형사의 직업정신은 의심이다. 동정심이 의심으로 변하는 데는 그리 오래 걸리지 않는다. 만약 이렇게 내 발로 찾아오지 않았더라면, 이자는 분명히 나를 소환했을 것이다.

"정말 제가 알고 있었다고 생각하세요? 더구나 제가 정확히 뭘 알고 있었다는 거죠?"

나를 건드리고 함부로 취급하게 내버려두지 말자. 제 위치를 도로 찾게 해주고 자신의 추잡함과 상스러움과 무례함을 똑똑히 깨닫게 해주자.

"두 사람이 연인이라는 걸 몰랐습니까?"

온몸에 화살을 맞고 구멍이 숭숭 뚫린 성 세바스티아누스의 모습이 주마등처럼 스치고 지나간다. 몸 여기저기가 뚫리고, 창이 꽂히고, 칼날이 몸속을 헤집는 듯한 감각이 아주 구체적으로 느껴진다. 말로는 표현할 수 없는 공포가 엄습한다.

"어떻게 아가씨가 전혀 알아차리지 못하도록 감쪽같이 이중생활을 할 수 있었는지 신기합니다."

암시, 얼음장 같은 비웃음, 비난, 의심, 채 감추지 않은 힐난. 그 어느 것도 나를 비켜가지 않을 것이다.

죽었다는 것을 아는 것만으로는 부족하다. 다시 한번 칼을 꽂아야 한다. 그러는 김에 나에게도.

레오

"확인 절차를 거쳐야 할 게 있다. 부검 결과, 루카 살리에리의 몸에서 정액이 검출됐어. 네 말대로라면 네 것이겠지만, 논박의 여지가 없는 과학적 증거가 필요해. 그러니 정액검사에 응해줘야겠다. 법의학자가 루카 살리에리에게서 채취한 것과 비교할 수 있도록 말이야. 옆방으로 가면, 형사 한 명이 필요한 도구를 줄 거다."

토넬로의 어조는 얼떨떨할 정도로 사무적이다.

나는 아무런 반발도 하지 않는다. 고깃덩어리가 되고, 실험실이나 장터의 가축이 되는 것을 받아들이기로 한다. 만일 이자의 요구에 대해 일 분 일 초라도 더 생각했다가는 살인을 저지르고 말 것이다.

나는 경사진 천장에 창문만 덜렁 있는 다락방으로 안내되었다. 가구라고는 파티션 하나가 전부다. 역으로 나를 데리러 왔던, 차가 커브를 돌 때마다 무릎이 닿았던 예쁘장한 형사가 나를 맞는다. 당황한 모습이다. 이 방에서 일어날 일에 대해 언질을 받은 것이 분명하다. 일종의 신고식이거나 신참 골리기일 것이다. 일을 치르고 나면, 동료 형사들이 느끼하게 웃으며 등을 치면서 놀려댈 것이다.

그가 컵 하나를 내게 내밀고 설명해줘야 할지 말아야 하는지 망설이다가 결국 단념한다. 그러다가 내가 이해하지 못했다고 생각했는지, 한쪽 눈짓으로 파티션을 가리킨다. 난처해하는 그 모습이 재미있다. 그 모습에는 정말이지 유쾌하게 하는 뭔가가 있다.

내가 파티션 뒤로 가지 않고 가만있자, 그는 보통 이런 특별한 조사를 할 때는 상상력을 자극하기 위해 포르노 잡지를 제공한다면서 즉시 사과의 말을 덧붙인다.

"남자들 사진이 있는 잡지는 없어. 여자들 사진뿐이야."

나는 아무 대꾸도 하지 않고 딱한 눈으로 그를 쳐다본다. 이런 말에 무슨 대답을 할 수 있으랴.

그와 나는 갑자기 무장해제된 연대감과 허심탄회한 형제애를 느낀다. 우리는 이제 이방인이나 적이 아니다. 모든 적의가 자취를 감춘다. 이제 우리는 넘어설 수 없는 참담함만을 나눈다.

그가 먼저 내 품으로 달려든다. 먼저 껴안은 것은 그다. 어린 아이처럼 숨이 막힐 정도로 거칠게 나를 조인다. 버림받는 것을 두려워하는 어린아이의 공포가 느껴진다. 나는 그의 포옹에 잠시 흔들리는 두 팔을 내버려두고 있다가, 이윽고 두 팔로 그를 안는다. 내 손이 올라가 그의 목덜미를 잡고 쓰다듬는다. 우리의 얼굴이 서로의 어깨에 얹힌다.

우리의 얼굴이 동시에 아주 천천히 뒤로 물러난다. 서로의 어깨에서 빠져나와 마주 본다. 조난당하고 절망한 자들의 시선이다.

우리의 입술이 서로의 입술을 찾아 점령한다. 상대방을 집어 삼킬 듯한 키스다.

나는 마지막 순간에 간신히 그가 가져온 컵을 집어든다. 정액이 파티션에 튄다. 몇 방울은 그의 배 위에 떨어진다.

루카의 몸에서 발견된 정액은 물론 내 것이다.

루카

이제 완연한 가을이다. 세상의 모든 것을 덮어버리는 음울한 잿빛, 소름끼치는 찬 기운, 떨어지는 낙엽, 뼛속까지 얼어붙게 하는 보슬비. 가을이 왔음을 알아차리지 않을 수 없다.

아르노 강도 불어났다. 강물은 늘 훌륭한 바로미터였다. 강은 소강상태와 재난의 척도다.

나는 무덤 속에서 세상의 움직임과 인간들의 동요를 통찰하는 데 익숙해졌다. 감각을 날카롭게 발달시켰고 아주 작은 변화에도 예민해졌다. 그 누구보다도 지진을 더 잘 느낄 수 있다.

심장 박동 소리, 관자놀이의 혈관이 뛰는 소리를 듣는다. 감정이 떨리는 것과 언젠가는 무너져내릴 것도 안다.

이제 나는 내 무능력을 한탄하지 않는다. 체념하게 되었다. 부동성은 평온함이 되었다. 폭우 속에서도 냉정을 유지해야 한다. 신은 내 피가 차갑다는 것을 안다.

나는 묵묵히 상처입은 자들과 동행한다.
나는 위협이 아닌 존재했던 자의 추억으로, 그들의 주변을 떠도는 그림자다.

이 가을, 나는 그들에게 부드러움을 느끼게 해주고 싶었다. 하지만 지금 그들이 내게서 느낄 수 있는 것은 분명 불쾌감과 냉혹함뿐이다. 하지만 여름은 늘 온다.

그들은 내 순수함이나 진심을 믿지 않을 것이다. 하지만 그건 잘못된 것이다. 물론 증거를 제시할 수는 없다. 그러나 나는 내가 한 일을 알고 있다.

만약 안나가 조만간 무덤에 꽃을 놓으러 온다면, 이 모든 것을 설명해줄 것이다. 그러면 안나는 다시 차분해져서 돌아갈 것이다. 묘비 앞에서 명상하는 것은 이런 일을 위해서다.

레오는 이곳에 다시 오지 않을 것이다. 하지만 레오는 꽃을 좋아한다. 나한테서 꽃을 좋아하는 법을 배웠다. 처음으로 꽃을 선물한 날, 그는 놀라움을 감추지 못했다. 남자도 꽃을 받을 수 있다는 사실을 몰랐던 것이다.

부모님은 나를 절대 잊지 않을 것이다. 하지만 내 중얼거림은 듣지 못한다. 내 속삭임은 부모님 귀에까지 가 닿지 못한다. 부모님은 이미 몇 해 전에도 내 외침을 듣지 못했다.

안나

"대체 무슨 말을 하고 싶으신 거죠? 어디 한번 끝까지 들어보죠. 정말이지 천박하시군요."

마침내 분노, 분노가 솟구친다. 침착함과 우아함과 잘 받은 가정교육은 끝났다. 지금은 나쁜 고름을 모조리 꺼내놓고 터뜨려야 한다. 아주 오래전부터 나는 성질을 속으로 죽여왔다. 그렇지만 우리 모두에게는 일정량의 성질이 있다. 그렇지 않은가?

"마음이 상하셨다면 용서하십시오. 하지만 왜 그렇게 신경질적인 반응을 보이는지 이해가 안 가는군요."

가장 참을 수 없는 것은 바로 이 위선과 나를 바보 취급하는 능청맞은 태도와 거만함이다. 이럴 바에는 차라리 인정하고 드러내놓는 순전한 악의가 더 낫다. 실제로 이 가시 돋친 순진한 체보다는 잔인함이 더 맞서기 쉽다.

"전 신경질을 낸 게 아니에요. 슬픔의 분노를 터뜨린 거라고요."

이 둘은 다르다. 알고나 있는 걸까?

"전 제가 할 일을 하는 것뿐입니다. 어떤 가능성도 소홀히 지나칠 수 없어요. 루카 살리에리의 사인은 아직 명확하게 밝혀지지 않았습니다. 현재까지는 사고사일 가능성이 가장 높지만 자살 가능성도 배제할 수 없습니다. 살해 가능성도 여전히 남아 있고요."

그러고 보니, 자살이라고 해도 나쁘지 않을 것 같다.

"그게 저랑 무슨 상관이죠?"

어떤 대답이 나올지 짐작하지만, 나는 묻는다.

"만약 루카 살리에리의 배신을 알고 있었더라면, 그에게 벌을 주고 싶지 않으셨겠습니까? 죽여버린다거나요. 드문 일이 아니에요. 질투는 많은 여자들을 최악의 극단으로 몰고 가니까요."

형사가 여자들에 대해 안단다. 의심의 여지가 없다. 그는 여자들에 대해 책을 읊어대듯 주절대고 있다.

"제가 유죄라고 생각하거나 아주 사소한 증거라도 발견했다면, 당장 살해 혐의로 잡아들이세요. 그게 아니라면 저는 이만 가보겠습니다."

때로는 무기력과 분노가 같은 모습으로 나타난다. 중요한 것은, 여기서 끝내는 것이다. 포커나 마찬가지다. 상대가 허세를 부리는 것 같으면, 도리어 이쪽에서 더 세게 나가야 한다. 카드를 내려놓아야 한다. 나는 내 카드를 내려놓는다. 그렇다. 이제 끝내야 한다.

"우리도 그렇게까지는 생각하지 않습니다."

형사도 더 좋은 패를 가지지 않았다. 그의 허세가 먹혀들지 않았다. 모든 판에서 승리할 수는 없다. 패배를 수긍할 줄도 알아야 한다.

"만약 사고가 아니라 살인이라면, 가장 유력한 용의자는 레오 베르티나입니다. 아가씨 애인의 몸에서 검출된 정액은 그자의 것이니까요."

패배한 분풀이로 무엇이 되었건 간에 가리지 않고 쟁취하는 충족감이 있다. 그중 하나가 남에게 상처를 주면서 얻는 충족감이다. 어린아이들이 아주 잘하는 짓이다. 형사는 어린아이다.

"용서하십시오. 아가씨 표정을 보니, 정액 얘기는 모르고 계셨던 모양이군요."

도대체 인간의 참을성의 한계는 어디인가? 어쨌든 나는 지금 몇 분 단위로 그 한계를 넓혀나가고 있다. 지금까지 나는 내가 이렇게까지 나 자신을 죽이고 자존심을 내팽개치고 그토록 많은 고통을 마음속에 쌓아둘 수 있는지 몰랐다.

루카의 부모님은 분명히 이 '정액 얘기'를 전해들었을 것이다. 내게는 아무 말도 하지 않았지만.

　그분들의 수치심을 이제야 이해하겠다.

　그분들의 침묵은 분명 이보다 훨씬 더 오래전으로 거슬러올라갈 것이다.

　집으로 돌아가는 길에 머릿속이 혼란스러운 와중에도 변함없이 아름다운 피렌체의 풍경이 눈에 들어온다. 그 아름다움에 새삼스럽게 놀라면서도 안도한다. 제 모습을 온전히 간직한 것도 있다는 사실을 확인했으므로.

레오

"자, 이제 사고가 났던 날 저녁에 루카 살리에리랑 어떻게 헤어졌는지 말해보실까……"

토넬로 형사는 끈질기다. 그는 환멸에 찬 형사의 외양을 하고서 먹잇감과 포로를 물고 놓지 않는다. 그는 내가 유죄이기를 바란다. 그러면 얘깃거리가 하나 더 생길 것이다. 수사를 원활하게 이끌고 신속하게 매듭짓는다는 평판도 더욱 탄탄해질 것이고.

때로는 당연해 보이는 것들을 의심해보아야 한다. 이론의 여지가 없었던 죄인들의 결백이 밝혀지고, 무고해 보이던 사람들이 엽기적인 범죄를 자백하는 경우를 우리는 이미 너무 자주 보아왔다. 지극히 평범해 보이던 죽음이 거의 완벽한 범죄로 드러나기도 하고, 수상해 보이는 죽음이 실은 단순 사고일 뿐이라는 것이 밝혀지기도 한다. 이 모든 것을 형사에게 설명해주고 싶다.

그러나 그는 문제를 어렵게 만들고 없는 것이 분명한 의미를 찾고 어떻게 해서든 모순을 갈고닦으려고만 한다. 인생 자체가 모순으로 가득 차 있음을 상기시키고 싶을 지경이다.

"루카는 새벽 두시쯤 호텔 방에서 나갔어요. 집으로 가는 것 같았는데요."

나는 순진할 정도로 단순하게 그날 일을 전했다. 토넬로는 당연히 내 말을 믿지 않을 것이다. 그에게는 단순한 것이야말로 가장 믿을 수 없는 것들이다.

"그랬는데 말이지, 문제는 루카 살리에리가 영원히 집으로 가지 못했다는 거다. 네 집 바로 아래 있는 다리에서 떨어진 게 분명해. 수면제를 잔뜩 삼키고서 말이야."

빙고! 자신의 짐작이 맞아떨어졌다는 것을 확인하는 일은 언제나 즐겁고 만족스럽다. 사실 인간은 예상을 벗어나는 존재가 아니다. 형사라 할지라도. 아니, 형사야말로 예상을 빗나가지 않는 족속이 아닐까?

"수색영장을 받아 네 호텔 방을 뒤져도, 루카 살리에리의 뱃속에 들어 있던 것과 종류가 같은 수면제를 못 찾아낼 게 확실해?"

"네. 제가 없앴기 때문이 아니라 애초부터 가지고 있지 않았기 때문에요. 알고 싶으신 게 그거라면요."

"너, 형사 하면 잘하겠다."

"아닐걸요."

자신의 사형집행인과 친해질 수 있을까? 자신을 고발한 자와 형제가 될 수 있을까? 자신의 검사에게 친밀감을 느낄 수 있을까?

"만약 네가 떠민 거라면, 목격자가 없기를 바라야 할 거다. 그렇지 않으면 너는 더러운 꼴을 당하게 될 테니까."

적개심, 간직하는 법을 알지 못하는 일종의 증오심. 그의 어조에는 염오 비슷한 뭔가가 들어 있다. 여기에는 남창에 대한 혐오만큼이나 자신의 손아귀를 빠져나가려는 자에 대한 증오와 원한이 서려 있다.

"만약 사고로 떨어진 거라면, 목격자가 없기를 바라야겠네요. 그렇지 않으면 형사님 꼴이 우스워질 테니까요."

약간의 야유는 결코 아프게 하지 않는다. 조롱하는 자들은 칼날을 간직하는 자들이다.

"마지막으로 한 가지만 여쭤볼게요, 형사님. 제가 왜 루카를 죽였다고 생각하세요?"

"소유욕, 독점하고 싶다는 욕망. 또 누가 알아? 루카 살리에리

가 정상적인 생활로 돌아가려고 작별을 고하러 왔었는지도. 분
노, 배신감, 이런 것들은 늘 살인의 좋은 동기가 되지."

　정상적인 생활. 정말이지 형사는 아무것도 이해하지 못한 것이
분명하다.

책 셋

일단 나쁜 짓을 저지르고 난 후,
어느 날 아침 짐수레가 지나가는 시골길에서
영웅이 된 것처럼 느낄 때보다
더 찬란한 순간이 있을까?

체사레 파베제, 『삶의 기교』

안나

나는 기차를 타기 위해서가 아니고는 역에 와본 적이 없다.

산타마리아 노벨라는 내게 떠나고 도착하는 장소, 그 이상 그 이하도 아니었다. 무거운 여행가방을 옮기면서 발걸음을 재촉하는 곳, 추하고 실용적인 목적만 있을 뿐인 스쳐 지나가는 장소였다.

나는 오늘 역이라기보다는 극장에 오는 기분으로 이곳에 왔다. 희극과 비극이 여기서 공연되고 있다는 것을 알았기 때문이다. 또한 이곳이 가장무도회의 집합소라는 것과 겉보기와는 달리 이곳에는 또다른 세계가 숨어 있다는 것을 비싼 대가를 치르고 알게 되었기 때문이다.

나는 이미 오래전에 순진함을 잃어버렸다고 생각했었다. 하지만 이것이야말로 순진한 사람들의 특징이다. 자신의 상태를 모른다는 것. 마침내 그것을 깨달았을 때는 이미 늦다.

좋지 않은 시간을 골랐나보다. 대합실은 사람들로 넘쳐나고 있다. 신문 가판대 앞은 바쁜 기색이 역력해 보이는 사람들로 북적거리고, 스낵 코너들은 사람들의 주문 공세에 시달리며 기름진 감자튀김 냄새와 햄버거에서 흐르는 역한 소스 냄새를 풍기고 있다. 스피커에서 쉬지 않고 흘러나오는 안내방송은 전혀 알아들을 수 없다. 촌스러운 안내판에는 연착되는 기차들이 표시되어 있다. 여러 개의 가방에 치인 한 여자가 플랫폼이 바뀐 것을 예고해주지 않았다고 투덜거린다. 개찰원들이 격앙되어 있는 승객들에게 무표정한 얼굴로 답해준다. 청소년들은 하릴없이 역 안을 떠돌며 이리저리 왔다갔다하고 있다. 한 젊은 남자가 내 발을 밟아놓고 사과도 없이 제 갈 길을 간다. 사람들의 무리가 묘사할 수 없는 동요 속에서 갈지자를 그린다. 이 뒤죽박죽은 카오스의 예고편인 것만 같다. 그렇지 않으면 적어도 여름휴가를 위한 대이동의 날이거나! 하지만 지금은 평범한 날의 저녁 시간이다. 결국 이곳에서는 모든 시간이 좋지 않은 때인 것이다. 혼잡함은 분명 일상일 것이다. 이 무정부적 분위기는 이탈리아 전체의 것이기도 하다.

이런 난장판에서 어떻게 레오 베르티나를 찾아낸단 말인가? 이런 북새통에서 어떻게 그를 알아본단 말인가? 더구나 어떻게 생겼는지도 모르는데.

인파에서 물러나 무람없는 시선을 피할 수 있는 외진 구석, 즉 소란이 다소 가라앉고 무질서가 약간 수그러드는 장소를 찾아보는 것이 좋겠다. 방해받지 않고 작은 거래를 주고받을 수 있는 안전한 장소, 야릇하게 조용한 장소가 어디일까? 내 시선이 상상불가능한 이 영토를 찾아 떠난다. 싸구려 엘도라도를 찾아 이 구석 저 구석을 샅샅이 뒤진다.

그러나 사람들이 정말이지 너무 많다. 의지와는 상관없이 이리저리 부대끼게만 되고 인파 한가운데에서 벗어날 수가 없다. 과장하자면, 이 인파는 마치 나를 기슭으로 몰아내기를 거부하는 소유욕 강한 바다 같다.

포기해버릴까? 그렇지만 이제 와서 포기하려고 여기까지 온 것이 아니다. 지금 이렇게 이 자리에 서 있기 위해서도 이미 많은 것을 극복해야 했다. 되돌아간다는 것은 말도 안 된다. 그렇다. 역의 아수라장이 내 절망과 가슴속 깊은 곳에서 터져나오는 기이한 욕망보다 강하지는 못할 것이다.

레오

사진 속의 젊은 여자다! 그 여자가 저기 있다. 군중 한가운데서 이리저리 떠밀리는 작고 연약한 여자. 베이지색 레인코트를 입고, 벨트로 허리를 졸라맸다. 아연해 있는 모습 때문에 유독 그녀만 눈에 띈다.

여자는 우연히 이곳에 온 것이 아니다. 한눈에 알 수 있다. 기차를 타거나 누군가를 기다리기 위해 온 것이 아니다. 여행가방을 들고 있지도 않고 열차 시간표에도 눈길조차 주지 않는다. 저 여자는 나를 만나러 온 것이다.

나는 단 한 번도 우리가 만나게 될 이 순간을 상상해본 적이 없었다. 우선 나는 오랫동안 존재하지 않는 사람이었으므로. 다음으로는 그녀가 감히 내 앞에 나서지 못할 거라고 생각했기 때문에. 그러기에는 너무 오만하고 나를 경멸할 것이며 고통스러워할 거라고 생각했다. 내가 틀렸다.

그녀가 저기 있다. 불안한 표정으로 공포와 분노를 담고. 동정심을 불러일으킬 만한 모습이다. 그러나 여자의 아름다움이 동정을 면하게 한다. 신분 또한 그렇다. 신분을 몸에 담고 있는 모습이라고 할 수 있겠다.

단연 눈에 띄는 모습인데도 여자를 바라보는 사람은 나 혼자뿐이다. 주변 녀석들의 정신은 다른 데 팔려 있다. 놈들은 자기들끼리 얘기를 나누거나 담배를 잘근잘근 씹거나 손님에게 추파를 던지거나 따분해하고 있다. 이 가짜 데면데면함이 우리의 특징이다.

무엇보다 놈들이 기다리는 것은 남자다.

나는 꼼짝도 하지 않고 기둥에 붙어서 있다. 신호를 보내 여자를 도와줄 생각이 없다. 여자는 혼자 힘으로 나를 찾아내야 한다. 이것도 게임의 한 부분이다. 제식이나 통과의례처럼.

한 사내가 다가와 얼마냐고 묻는 바람에 안나 모란테의 얼굴을 시야에서 놓쳤다. 내가 건성으로 빠르게 대답하자, 사내는 투덜거리면서 가버린다. 어라, 사진 속의 젊은 여자가 사라져버렸다.

얼마 지나지 않아 인파의 물결이 다시 여자를 내놓는다. 여자는 다시 저기 있다. 우리 쪽으로 다가오고 있다. 이쪽으로 와야 한다는 것을 어렴풋이 깨달은 모양이다. 청바지와 티셔츠를 입은 젊은 남자들의 무리가 행인이나 여행객이 아니라는 것을, 약속처럼 제 몸을 제공하는 놈들이라는 것을, 사려는 자에게 자신을 파는 놈들이라는 것을, 비밀집회가 가격 흥정을 위한 대화를 어설프게 포장하고 있다는 것을, 둘씩 짝을 지어 역 화장실이나 근처 호텔로 향하고 있다는 것을 눈치챘다. 여자는 빨리 배운다.

그녀가 우리 얼굴을 차례차례 살펴본다. 외모든 나이든, 나에 대한 정보가 전혀 없을 것이다. 나를 어떻게 상상하고 있을까? 내가 프란체스코처럼 탄탄하고 산드로의 동안童顏에 빈센테처럼 눈동자가 초록색이고 아르튀로처럼 신비로운 남자라고 생각할까? 아니면 반대로, 대번에 확신하며 나를 알아볼까?

아니다. 여자는 망설인다. 어떻게 접근해야 할지 모르고 있다. 그녀에게는 무지한 자의 어설픔과 초보자의 어색함과, 이곳에 있어서는 안 되는 사람의 수치심과 여자라는 패러독스가 있다.

거기서 공포와 모욕감과 원한이 차지하는 부분은 각각 얼마나 될까? 여자의 용기와 극기심에 경의를 보내야겠다. 자기 자신을 잊는 그 능력에.

안나

아무래도 이 남자들 중 한 명에게 물어봐야겠다. 나는 심호흡을 한 번 하고 처음으로 눈이 마주친 남자에게 다가가 어디로 가면 레오 베르티나를 만날 수 있는지 묻는다.

젊은 남자가 수수께끼라도 되는 양 나를 바라본다. 그의 얼굴에는 일종의 불신이 어려 있다. 마치 내가 위협하기라도 한 것처럼 경계한다. 이들은 거래를 제안하지 않는 낯선 사람과는 얘기하지 않는 것이다.

그의 대답이 늦어진다. 나는 경찰서에서 나온 것이 아니며, 레오 베르티나에게 해를 끼치려는 것이 절대 아니라고, 개인적인 일로 그를 찾는 거라고 덧붙인다.

아차, 내 해명은 오히려 재난이다. 낯선 여자가 남창에게 개인적인 일을 해결하러 왔다고 하면 당연히 경계할 것이다. 이 서툰 행동으로 나는 나라는 인간의 주변머리를 다시 한번 깨닫는다. 과연 젊은 남자가 상상하는 일은 내 볼일과 다르지 않다. 곤경에 처하기 위해서는 한 문장이면 충분하다.

그는 아무 대꾸도 없이 나를 내팽개쳐두고 멀거니 쳐다보고 있다. 바보가 된 것 같다. 뼛속까지 비참하다. 이렇게까지 밑바닥으로 떨어진 적은 결코 없었다.

"저를 찾아오신 것 같은데요."

레오 베르티나는 놀랄 만큼 어리다. 첫번째 충격은 바로 이 젊음이다. 나는 루카나 나와 비슷한 나이일 거라고 생각했었다. 이 남자는 채 스무 살도 안 되어 보인다.

이 젊음은 참을 수가 없다. 젊음과는 맞서 싸울 수가 없다. 우리는 같은 무기를 갖고 있지 않다. 순식간에 우리 사이에 불균형이 자리를 잡는다. 더 무슨 말과 행동을 해야 할지 알 수 없다. 나는 할 말을 잃었다. 말한다 해도 핵심을 비켜가게 될 것이다. 갑자기 메울 수 없을 만큼 거리가 너무 많이 벌어져버렸다. 늙고 한물가고 지친 기분이 든다.

그래봤자 이 젊음도 한때일 뿐이라고 생각할 수도 있을 것이다. 그러나 가까이에서 보는 이 젊음은 가라앉아 있지 않다. 가라앉아 있기는커녕 오히려 봉긋하게 도드라져 있다. 관심을 집중시키고 유혹하고 시선을 붙들어맨다. 뭐라고 표현할 수 없는 묘한 씩씩함이라니.

나는 내게 없는 모든 것을 본다. 내가 잃어버린 것과 결코 가져보지 못했던 모든 것을.

"어떻게 저를 알아보셨나요?"

"루카가 사진을 보여줬어요."

익숙한 어조로 그의 입에서 흘러나오는 루카의 이름이 모욕처럼 들린다. 오로지 이 이름을 말하는 것만으로도 두 사람의 친밀감이 감지된다. 그 친밀감의 깊이가. 나를 배제한 채 그들이 함께 겪은 모든 일. 나 없이 그들이 함께 통과한 모든 것. 그의 입을 통해 나온 루카의 이름이 난폭하게 나를 저만치 밀어낸다.

내가 견뎌야 할 사실이 하나 더 있다. 레오 베르티나는 내 얼굴을 알고 있었다. 루카가 사진을 보여주었다. 내가 누구인지 그는 알고 있었다. 나는 불과 며칠 전까지만 해도 그의 존재조차 몰랐는데. 다시 한번 불균형. 다른 취급. 레오 베르티나는 알 권리가 있었고, 나는 우롱당하는 역할이다.

이 사실은 어떤 대지진을 예고하는가?

레오

여자는 사진으로 본 것보다 훨씬 더 예쁘다. 실물이 좋다. 피
와 살, 홍조 띤 뺨, 호리호리한 골격, 가는 손목, 촉촉한 시선, 은
은한 향기. 이 모든 것이 이론의 여지 없이 여자를 미인으로 보
이게 한다.

떨림도 있다. 피부가 가늘게 떨리고, 눈꺼풀이 바들바들한다.
당황한 기색이 역력하고, 목소리는 불안정하다. 여자는 지독하
게 인간적이다. 침착함과 느긋한 안정감을 잃고 있다.

"나는 당신에 대해서 아무것도 몰라요. 당신 이름도 우연히 알
게 된 거고요. 그후에 일어난 모든 일은 나하고는 상관없이, 내
가 손써볼 겨를도 없이 저절로 벌어진 일이에요. 하긴 막아보려

했더라도, 내가 할 수 있는 일은 없었을 거예요. 그런데 내가 왜 당신한테 이런 얘기를 하고 있는지 모르겠네요."

당황과 혼란. 두 단어가 자동으로 머릿속에 떠오른다. 이 단어들은 여자의 불행의 표시다.

주위에서는 놈들이 무슨 일이 벌어지고 있는지 정확히 알지 못한 채 우리를 관찰하고 있다. 놈들의 시선에는 불건전한 호기심 따위는 없다. 관심이나 연민조차 없다. 그들에게는 약간 낯선 광경이고 일시적 착란일 뿐이며, 여느 날과 다름없이 권태롭기 짝이 없는 일과 중에 생긴 별다를 것 없는 시간 때우기 중 하나일 뿐이다. 녀석들은 느리고 무해한 발레를 한다.

"이 사람들 모두 당신과 같은 일을 하는 건가요?"

나는 안나를 우리 무리에서 약간 멀리 떨어진 곳으로 데려간다. 그러면서 그녀의 팔을 잡게 되었다. 이것이 우리의 첫번째 접촉이었다. 그녀의 첫번째 반응은 움찔하며 이 접촉을 거부하고 팔을 거둔 것이었다. 왠지 모르게 그녀의 행동은 나에 대한 반감의 표시라기보다는 계급적인 반응이라는 생각이 든다. 안나모란테가 나를 싫어한다고 생각하지는 않는다. 단지 나는 그녀의 세계에 속하지 않을 뿐이다.

"네. 이것도 다른 일과 똑같은 직업이에요. 당신이 이 사람들이라고 부르는 이 녀석들은 당신과 다르지 않아요."

안나가 자신의 경멸과 계급적 증오와 대면하게 해주고 싶었다. 좋은 옷을 입고 머리를 뒤로 묶어올리고 손톱을 완벽하게 손질한 그녀가 셔츠 앞섶을 풀어헤치고 머리는 헝클어지고 땀 냄새를 풍기는 나보다 나을 것 없다는 것을 상기시키고 싶었다.

"죄송해요. 당신의 기분을 상하게 할 생각은 없었어요. 그냥 알고 싶었던 것뿐이에요."

분명히 그럴 것이다. 하지만 달라지는 것은 아무것도 없다. 우리는 연구실의 가축도 실험대상도 아니다. 보통 사람들과 특별히 다르지 않다. 우리 모두를, 강가에 떠내려 보내는 갓 태어난 새끼고양이들처럼 한 바구니에 담는 것은 원치 않는다.

"그럼 이제는 아셨을 테고 이제 제가 뭘 해드리면 좋을까요?"

안나

거칠고 뻣뻣하고 아무것도 그냥 지나치지 않는 이 태도, 참을
수가 없다. 자기가 뭐라도 되는 줄 아나? 나는 그를 찾아왔다. 내
가 아는 단순한 말로는 다 표현할 수 없을 만큼 비싼 대가를 치
른 이 행동을, 그는 경멸과 뺨을 후려치고 싶게 만드는 거만함으
로 맞는다.

내가 그에게 바라는 것은 일을 더 어렵게 만들지 말라는 것뿐
이다. 상냥함이나 붙임성을 바라는 것이 아니다. 그러나 우리는
나름대로 불행의 동반자가 될 수도 있을 것이다. 어쨌든 우리 둘
다 각자에게 소중한 사람을 잃었고, 그 소중한 사람이 같은 사람
인 것이다.

루카가 이 남자에게서 찾으려고 한 것은 무엇일까?

이 남자의 무엇이 루카를 유혹했을까? 어깨에서 허리까지 트로피처럼 내세우고 있는 관능? 직업을 드러내는 살랑거리는 엉덩이? 사람들을 달뜨게 하려는 듯한 우스꽝스러운 근육? 상업적인 추파? 그의 주변에 맴도는 공기? 허세스러운 태도?

위험은 어느 정도까지 우리를 유혹할 수 있을까? 그게 아니면, 애초에 우리는 가장 낯선 것을 향하게 되어 있는 것일까?

"실은 그냥 당신을 만나고 싶었을 뿐이에요. 당신이 어떻게 생겼는지 알고 싶었어요. 당신한테는 이런 내가 이상해 보이겠죠? 아마 불건전하다고 생각하겠죠?"

진실을 말하자. 어쩌면 변태적으로 보일 수도 있을 필요성에 대해, 이 마조히스트적 필요성에 대해 털어놓자. 사실이 그러니까. 나는 그의 얼굴을 보기 위해, 아프기 위해, 바보로 죽지 않기 위해 여기까지 온 것이다. 하지만 바보가 되는 것을 모면할 수 있을지 이제는 확신할 수 없다.

이 뒤틀린 욕망과 점잖지 못한 절실함을 세밀하게 파헤쳐봐야 할 것이다. 나는 왜 최악의 적을 만나려고 한 걸까? 보기 좋게 배반당한 생생한 증거를 확인하려고? 거짓말의 얼굴을 보려고? 비행에 몸을 맡기려고?

또한 자진해서 고통에 뛰어들어 스스로를 고문하고 벌주려는 이 의도가 어디서 비롯된 것인지 알아봐야 할 것이다. 만일 의사들이 내 경우를 검사하면 정신착란이라고 진단할까, 요양원에 들어가라고 충고할까?

아마 언제나 그래왔듯 알고 싶다는 욕망이 그 어떤 고려보다 강했을 것이다. 미스터리와 무지는 정말이지 나를 위한 것이 아니다. 불행을 초래한 것에 다가갈 수 있는 가능성이 모두 막혀 있다고 생각했다면, 나는 견뎌내지 못했을 것이다.

하지만 레오 베르티나를 이런 식으로 말하는 것은 부당하다. 내 불행을 초래한 사람은 그가 아니라 루카이기 때문이다. 그렇더라도 그것은 도저히 문장으로 만들 수 없다.

레오

알긴 잘 알고 있다. 그렇다. 불건전해 보인다.

정말이지 희한한 생각이 아닌가! 이곳을 찾아오기 위해서는 머릿속이 엉뚱하게 생겨먹어야 할 것이다. 우선 엄청난 수모를 감수할 수 있어야 할 것이고, 몹시 절망하고 있어야 할 것이다. 안나 모란테의 행동은 자살행위다.

더구나 아무 소용 없는 짓이다. 시작부터 실패가 예정된 일이다. 좋을 일이 아무것도 없다. 분명 씁쓸함과 아프게 쏘는 맛만 안고 집으로 돌아가게 될 것이며, 오기 전보다 더 막막해질 것이다. 자신의 파멸을 향해 달려가는 사람들에게는 보는 이의 넋을 쏙 빼놓는 뭔가가 있다. 하지만 그런 스펙터클에는 관심 없다.

"이제 제가 어떻게 생겼는지 보았으니까, 다음에는 뭘 할 거죠?"

내 의지와는 상관없이 절로 공격적인 말이 나온다. 말과 함께 난폭함도 덩달아 나온다. 나는 안나가 괴로워하지 않기를 바란다. 아무튼 그녀에게 악감정은 없다. 그렇지만 죽은 듯 처져 있는 모습과 힘없이 덜렁거리는 팔과 고급스러운 외양에도 불구하고 풍기는 초라함은 거북하다. 그러니 그녀를 한 번 더 뒤흔드는 편이 나을 것이다. 또 나는 여자들을 상대하는 법을 모른다.

"당신이 옳아요. 이 모든 것이 조금은 불결하고, 조금은 병적인 짓이죠."

처음 고백하는 것이 가장 힘들다고들 한다. 그런데 안나가 그것을 한다. 이 굴욕은 끔찍하다. 교리교육 시간에 신부들이 가르쳐준 것이 떠오른다. 아버지도 이야기를 해주었었다. 그것은 언제나 가시면류관과 비탄에 빠진 성녀들과 구원에 대한 희망이 담긴 끔찍한 이야기들이었다. 나는 언제나 끝에 가서는 울고 싶어졌었다.

"제가 해드릴 수 있는 일이 있을까요?"

말이 저절로 나왔다. 결국 교리교육이 쓸모 있었어요, 아빠.

안나는 뭐라고 대답해야 할지 알지 못한 채 나를 바라본다. 나역시 그녀가 해야 할 말을 모른다. 내 얼굴에 침을 뱉을 수도 있을 것이고, 내 품에 무너질 수도 있을 것이다. 우리 사이에는 원한과 슬픔으로 이루어진 긴장감이 펄떡거린다. 안나 모란테가모든 것을 포기하고 항복할 태세라는 것이 느껴진다. 한계에 이르렀다는 것이, 이제 가방을 내려놓아야 한다는 것이, 더는 나아가지 않으리라는 것이. 그녀의 눈이 서서히 감긴다. 아랫입술이떨린다. 굳은 턱이 안간힘을 쓰고 있음을 말해준다. 이윽고 침묵속에서 눈물이 고요히 흐른다. 이곳은 역이다. 부산스러운 역이다. 사람들은 우리를 쳐다보지도, 신경쓰지도 않고 지나간다. 좀더 떨어진 곳에서는 녀석들이 다른 데를 쳐다보고 있다. 우리를가만 내버려둔다. 안나가 내 앞에서 몸을 굽힌다. 내 팔은 그냥내 몸에 매달려 있다. 우리는 서로에게 손을 대지 않는다. 그녀가 운다.

안나

너무 어리석다. 이러지 않기로 맹세했었다. 마지막으로 울어
본 것이 언제였던가? 열 살 때였나? 나는 질질 짜는 여자가 아니
다. 그뿐이다. 우는 여자들과 울지 않는 여자들이 있다. 나는 후
자에 속한다.

레오는 아무 말도 하지 않는다. 아무 말도 하지 않은 채, 그대
로 있다. 나도 이대로가 좋다. 그의 동정은 승리의 깃발이 될 것
이다. 나를 안아주는 것은 주제넘은 짓이 될 것이다. 갑자기 그
를 비난할 만한 것이 아무것도 없어진다. 그가 돼먹지 못하게 굴
고 끔찍한 말을 늘어놓았다면 확실히 일은 훨씬 간단했을 것이
다. 결국 아무것도 하지 않는 그가 고맙기까지 하다.

"말씀은 고맙지만, 괜찮습니다. 여기 오는 게 아니었다는 생각이 드네요. 그렇지만 당신은 이런 나를 이해하죠, 그렇죠?"

실제로 그가 이해한다는 직감이 든다. 그와 나, 우리는 '정상적인 삶'에서는 만나는 일이 없었을 것이다. 그러나 우연이, 루카를 이렇게 부른다면, 우연이 우리를 같은 길로 이끌었으며, 우리가 서로 이해할 수 있다는 것을 인정해야만 한다. 우리 둘이 '맞다'는 것이 아니다. 다만 우리 둘 다 우리가 무엇에 대해 말하고 누구에 대해 말하는지 안다는 것이다. 물론 우리 사이에는 우리를 갈라놓는 틈새와 그늘이 있다. 그러나 우리가 느끼는 혼란스러움은 비슷하다. 우리가 과거에 누린 행복은 분명 같은 맛은 아니었겠지만, 틀림없이 똑같은 밀도로 강렬했을 것이다. 우리가 나름대로 느끼는 이 동지애는 병원 응급실에서 자기 차례를 기다리는 부상당한 사람들의 것과 같다.

"네, 약간은요. 그렇지만 너무 거북해요. 여기서, 이렇게, 당신과, 나, 우리가, 만나다니요? 좀 이상하다고요."

더듬거리는 듯한 이 말에서 갑자기 루카를 사로잡았을 모든 것이 보였다. 얼마 되지 않는 말과 망설임과 순간적으로 보이는 겸손 속에, 루카의 마음에 들었을 모든 것이 엿보인다. 그에게 반했다고 말하는 것이 아니다. 그런 종류의 감정은 생각조차 할 수 없다. 다만 무슨 해답을 얻은 것처럼 머릿속이 환해졌다. 나는 눈물을 도로 삼킨다.

우리는 마주 보고 서 있다. 역 안의 다급한 분위기는 그대로다. 여전히 으깬 싸구려 고기의 역한 냄새가 진동한다. 짙은 색양복을 입은 늙수그레한 사내들이 초간편 섹스의 사마리아인으로 개종한 전前 청소년들의 주위를 계속 돌고 있다. 우리의 지구도 계속 돌고 있다. 그러나 내 시계는 잠시 멈추었다. 시곗바늘이 헛된 운동을 다시 시작하려면 시간이 조금 필요할 것이다.

"그럼 이만 가볼게요. 할 일이 있을 테니까요."

실제로 우리 둘 다에게 더 좋은 할 일이 있다. 우선은 세상이라는 커다란 사진 속으로 돌아가 군중 속에 다시 자리잡고 그들과 같은 발걸음으로 걷는 법을 배워야 한다.

"아니, 헤어지기 전에 마지막으로 한 가지 묻고 싶은 게 있어요. 물론 대답하지 않아도 돼요. 어떤 남자를 협박한 적이 있다는 게 사실인가요?"

레오

대답하지 않아도 된다니, 춤이라도 추어야 하는 건가!

모든 것을 알려고 하고 요리조리 사람을 심문하지 않고는 못 배기는 사람들, 단지 자기에게 내린 저주 속에 혼자 갇혀 있지 않기 위해 점잖은 양식을 전부 내던져버리는 사람들, 참 대단하다. 여기 이렇게 서 있는 우리는 마음이 약해지려고 하는데 이 사람들은 이런 식으로 남의 물건을 뒤지려 하고 남의 사생활을 깔아뭉개려 한다.

토넬로가 말했나보다. 나를 고자질하고 이 여자를 겁주기 위해 이 년이나 묵은 그 사건을 이용했을 것이다. 최악을 상상할 수 있을 만큼 충분히 말했을 것이다. 우리의 사냥개가 독을 뿌리는 모습이 눈에 선하다. 여자는 독을 한 방울도 놓치지 않고 그

형벌을 받아들이고 있다.

　그녀가 상상했을 온갖 소설을 알아맞히기란 그리 어렵지 않다. 온갖 천박한 이야기일 것이다. 아주 추잡한 이야기일 것이다. 문득 이 여자는 처음부터 나를, 극도의 파렴치한 짓을 일삼는 혐오스러운 불한당으로 여겼으리라는 생각이 든다. 만약 그렇다면, 단 한 순간도 내게 동병상련 비슷한 것을 느끼지 않았을 것이다. 이제까지 그녀가 보여준 것은 용기가 아니었다. 그것은 분노와 역겨움이었다. 그녀는 죄인의 얼굴, 악당의 얼굴을 보러 온 것이다.

　경멸과 구역질을 되돌려주기는 쉬울 것이다. 때로는 쉬운 길을 거부해서는 안 된다. 하지만 나는 너무 어리석다. 나는 줄곧 고통이 줄어드는 거라고 믿어왔다. 공산주의 가정의 어린 시절과 신부들의 가르침을 전부 잊어버리지는 않았단 말이다!

　"거스름돈을 돌려준 것뿐이에요."

　여자는 이 수수께끼 같은 말에 만족해야 할 것이다. 아무튼 나는 내 인생을 늘어놓고 과거를 정당화하기 위해 여기 있는 것이 아니다. 내게는 갚아야 할 빚이 없다. 빚은, 이미 갚았다.

　그리고 이 여자가 그 초라한 폭력사건에 대해 뭘 알겠는가? 때로 하고 싶지 않은 일을 억지로 시키려는 자식들에 대해 뭘 알겠는가? 발버둥치는 몸과 움켜잡기 위해 허공에서 허우적대는 손과 내지르기 위해서 꼭 쥐는 주먹과 들어올리는 다리에 대해 뭘 알겠는가? 이 여자는 그때 그 자리에서 내 울부짖음을 듣지 못했다. 뒤이은 헐떡임과 지치고 성난 숨결을 듣지 못했다.

자제해서는 안 되는 복수가 있다. 마땅히 고통을 주어야 할 인간들이 있다. 그런 인간들을 공격할 때는 그들의 명예심과 자칭 체면이라는 것을 노려야 한다. 절대 그들의 가짜 양심을 휴식하게 해줘서는 안 된다. 나는 해야 할 일을 했다.

"그 사건은 지금 당신이 겪고 있는 일과는 아무 상관 없어요. 그래서 안심이 된다면요."

나는 '안심'이라고 말했다. 그러나 실제로는 그녀는 무척 불안해졌을 것이다. 그녀에게는 루카와 나 사이에 폭력이나 보잘것없는 상업적인 거래, 혹은 섹스만 있었던 편이 차라리 나을 것이다.

만약 우리가 서로를 열망하고 얼마나 필요로 했는지 얘기한다면, 이 여자는 막막해질 것이다.

만약 내가 사랑을 얘기한다면, 이 여자는 휘청거릴 것이다.

안나

'안심'이라고? 방금 들은 이 단어는 몰상식한 말이나 욕설과
같은 타격을 준다.

고작 스무 해 남짓 산 이 남자가, 내가 스스로에게 가하는 온
갖 고문과 내가 맞서는 온갖 가정의 무게를 가늠이나 할까? 내
길이 골고다 언덕이라는 것을, 내가 바탕을 두고 존재를 쌓아왔
던 그 모든 것을 문제시해야 한다는 것을 헤아리기나 할까? 내
확신은 모조리 무너져버렸고, 이제 남은 것은 논쟁과 추측과 불
신뿐이라는 것을 어림이나 하는 걸까?

은폐와 배신을 마주하고 있는데 어떻게 안심하기를 바라겠는
가? 모호함과 불투명함과 어둠을 유산으로 물려받았는데, 어떻
게 평온할 수 있을까? 모든 것이 불확실하고 뿌옇고 위태롭고 의

심스러운데, 어떻게 떨지 않을 수 있을까?

추억조차 확신할 수 없는데, 어떻게 현재를 믿을 수 있을까?

루카가 나를 떠날 생각을 한 것이 아니라고 누가 내게 말할 수 있을까? 그의 죽음 자체가 이 어마어마한 위선에 종지부를 찍으려는 수단이 아니었다고 누가 내게 말할 수 있겠는가?

무시무시한 사실을 발견하게 되고 심사 사나운 말을 중얼거리고 수치스러운 망상에 사로잡힐 걱정은 하지 않아도 된다고 누가 내게 장담할 수 있겠는가?

아니, 레오 베르티나는 나를 안심시키지 않는다.

"저도 그럴 거라고 생각했어요. 그렇지만 직접 확인하고 싶었어요."

나는 뒤늦게 대답한다. 거짓말이다. 이 거짓말은 너무 뻔해서 간파되지 않기란 불가능하다. 레오 베르티나는 모른 척하고 있지만, 그의 모른 척도 내 거짓말만큼이나 역력하게 드러난다. 우리가 허심탄회하게 어울릴 수 없는 사이라는 것이 명백하지만, 바로 이 점 때문에 우리 사이의 균형이 유지되고 있다.

여기 이 남자 앞에서 무너지지 않겠다는 단 하나의 목적만을 위해 불현듯 루카를 떠올려본다. 그렇지만 오점 없고 투명하고 이상적인 루카다. 나를 향해 웃어주었던 젊은 남자, 내게 꽃을 준 적이 없고, 내 목덜미에서 잠이 들었으며, 입에 침이 마르도록 피오렌티나의 활약상을 중계했고, 공연히 내 손을 잡고 보볼리 공원 한가운데를 달리던 젊은 남자만을 생각하고 싶다.

루카의 얼굴이 보인다. 그것도 아주 선명하게. 갑자기 어둠이 그의 얼굴을 점령한다. 빛이 돌아왔을 때는 푸르죽죽한 고름과 닫힌 눈꺼풀과 뺨에 달라붙은 젖은 머리카락만 보일 뿐이다.

루카의 죽음에 얽힌 수수께끼가 그의 삶에 대한 미스터리를 환기시킨다.

레오 베르티나와 헤어지면서 실은 그럴 작정이 아니었는데도 마지막으로 한 번 더, 지금까지 했던 것보다도 더 엉뚱한 질문을 하고야 만다.

"당신, 당신은 루카가 자살했을 수도 있다고 생각해요?"

레오

질문하면서 '당신'을 반복하는 것으로 봐서, 안나는 자살 가능성을 배제하고 있음을 알 수 있다. 그녀는 루카를 외울 정도로 알고 있다. 자살의 가설은 그럴듯하지 않으며 나아가 괴상망측하기까지 하다고, 루카 스스로 죽음을 앞당기지는 않았을 거라고 생각하는 것이 분명하다. 그럼에도 그녀는 내게 질문하면서 두 가지를 노린다. 자신과 고인의 친밀했던 관계를 밝히고 나와 고인의 친밀감의 정도를 시험해보려는 것이다. 그녀를 탓할 생각은 없다. 내가 그 입장이었더라도 똑같은 행동을 했을 것이다.

그렇지 않으면 모든 믿음이 흔들려버린 이상, 지독한 의혹에 사로잡힌 것인지도 모른다. 표지판을 통째로 잃었으므로 다시 길을 찾는 것인지도 모른다. 여자는 '당신'을 강조하면서 모든 가정을 떠올리려고 한다. 어쩌면 두 번 다시 당하지 않으려는 나름의 방법인지도 모른다.

만약 여자의 상태가 이 정도라면, 그녀의 고통이 내 고통보다 더 깊음을 의미한다. 자살을 의심하는 것은 루카가 불행했다는 쪽에 거는 것이기 때문이다. 루카가 행복하지 않았다고, 우리 두 사람과 함께 있으면서 행복하지 않았다고 간주하는 것이기 때문이다.

루카가 일종의 죄책감과 후회에 얽매여 있었고 거짓말에서 벗어나야 할 필요성을 느꼈으며, 평행선 위를 걷지 않기로 결심했다고 추측하는 것이기 때문이다.

"물론, 아니에요. 저도 당신하고 생각이 같아요. 자살은 아닐 겁니다."

여자에게 우리는 같은 상을 당했지만, 각자의 방법으로 그 상을 치르고 있다고 말해주고 싶다. 그녀를 현실로 데려다주고 유령들을 쫓아내주고 싶다. 내가 왜 그녀를 배려해주고 싶은지는 모르겠다. 결국 우리는 서로에게 아무것도 아닌 존재인데. 아마도 우리 두 사람 주변을 떠도는 그림자 때문일 것이다. 그리고 우리는 그 그림자가 누구 것인지 안다.

"만약 루카가 자살한 거라면, 무슨 편지나 흔적을 남겼을 거예요. 안 그래요?"

나는 그럴듯해 보이는 세부사항과 설득력 있는 논리와 안전고리를 찾으려고 했다. 보통 사람들처럼 양식에 호소했고 확신하는 어조와 공모자의 말투로 이야기했다.

이 말 역시 나도 모르게 나왔다. 그러나 나는 안나 모란테에게 갚아야 할 빚이 없다. 내 연민이 잘못에 대한 용서를 구하는 제스처로 비치는 것은 원치 않는다. 나는 잘못한 게 없다. 나는 사람들의 비난에 대해서 결백하다.

"그게 말이에요. 나는 루카가 흔적을 남기지 않는 데 능하다는 걸 아는 데 대가를 톡톡히 치렀어요. 루카한테는 오히려 침묵이 잘 어울려요."

이 여자, 당해낼 수도 물리칠 수도 없다!

말문이 막히게 하고 무릎이 꺾이게 하는 말이 있다. 바로 그 전에 한 말을 후회하게 만드는 말이 있다.

목청을 높이지 않고 조용히 말하는데도 천둥처럼 울리는 말이 있다.

겉으로 드러내지 않으면서 극복할 수 없는 절망과 너무 오랫동안 참아왔던 분노를 표현하는 말이 있다.

사라지지 않고 허공에 매달려 주위의 인파를 정지시키는 말이 있다.

얼어붙은 산타마리아 노벨라에서 나는 안나 모란테를 본다.

안나

나는 방금 한 말을 후회하지 않는다.

그는 나를 원한이 깊은 여자라고 생각할 것이다. 하지만 그게 정말 틀린 생각일까?

나는 레인코트 깃을 세워 사방으로 문이 열린 대합실에 규칙적으로 파고드는 세찬 바람으로부터 목을 보호한다. 허리의 벨트도 조인다. 이별을 준비한다.

"이제는 정말 갈게요. 그럼 하던 일 마저 하세요."

이 말에 악의는 없다. 그에게 상처를 주려고 한 말이 아니다.

피곤이 어느 단계에 이르면, 말의 의미에 대한 감각을 잃게 된다. 나쁜 의도가 있었다고 의심해서는 안 될 것이다. 하지만 그는 내 말을 잘못 해석한 것 같다. 그의 눈이 어두워지고 갑자기 얼굴 전체가 굳으면서 빛이 사라지는 것을 보면 알 수 있다.

"내가 할 일은, 동료들한테 합류하는 거예요. 그게 내 세계니까요."

나는 그의 세계를 전혀 모른다. 루카가 그곳에서 자신의 자리를 찾았다는 것 말고는. 레오 베르티나는 내가 그의 세계를 전혀 모른다는 걸 안다. 그는 내가 영원히 풀 수 없는 미스터리의 열쇠를 쥐고 있다.

레오가 젊은 남자들 쪽으로 간다. 그중 한 명이 담배를 물고 레오에게도 한 개비를 내밀더니 자기 담배에 불을 붙이고 레오의 담배에도 불을 붙여준다. 그 동작은 순식간에 그들을 밀착시키고 결정적으로 나를 제외시킨다. 담배를 내민 남자의 얼굴과 둥근 어깨가 루카의 것처럼 보인다.

문득 루카의 불가사의는 그의 책장에 꽂혀 있는 책의 첫 페이지에서 낯선 이름을 발견한 순간 내 앞에 나타난 것이 아님을 인정해야만 한다는 생각이 든다. 그 불가사의는 오래전에 나타나 우리 사이에 점차 자리잡고 스며들어 몹쓸 병이나 종양처럼 커진 것이다. 실은 그 불가사의의 의미를 밝히고 인정하기를 거부하면서 우리 사이에 들어앉도록 내버려둔 것은 바로 나였다. 어느 날 불가사의가 보였는데, 나는 외면해버렸다. 오늘 그 불가사의는 젊은 남창의 외양을 하고서 나를 쳐다보고 있다.

그렇다. 잠깐 사이에 깊숙이 묻어놓았던 모든 것이 활활 솟아오른다. 빨갛게 탄 담뱃불이, 채 꺼지지 않은 내 안의 잿더미에 다시 불을 붙인다.

인파가 나를 삼키기 전에 레오는 마지막으로 한 번 더 뒤돌아본다. 그의 표정에는 동정도 경멸도 없다. 그는 닻줄이 풀리는 것을 지켜보는 여행객처럼 평온해 보인다.

역에서 나왔을 때, 옆에 있는 포르노 영화관으로 슬그머니 스며드는 나이를 짐작할 수 없는 한 사내가 보인다. 그에게는 아마 아내와 자식들이 있을 것이다. 그는 오늘 저녁 집으로 돌아가 이 도피에 대해서는 아무 말도 하지 않을 것이다. 모든 사람에게는 저마다 작은 비밀이 있는 것 같다.

책 넷

가장 은밀하게 두려워하는 일은 반드시 일어난다.

체사레 파베제, 『삶의 기교』

레오

주위에서 사내들이 원을 그리며 돌고 있다. 그들은 천천히 걸으면서 나를 곁눈질하고 음미하고 머리를 굴리고 미리 가격을 가늠해본다. 나는 꼼짝도 하지 않고 서서 그들을 그대로 내버려둔 채, 그들 중 한 명이 마음을 정하고 다가와 가격을 묻기를 기다리고 있다. 나는 접근하기 쉽다.

역의 풍경은 변함없다. 거의 의식과도 같다. 이곳은 내가 잘 아는 영토이고, 이곳에서 나를 놀라게 하는 것은 아무것도 없다.

나는 내 생활을 '되찾은' 것이 아니다. 한 번도 이 생활을 내버려본 적이 없기 때문이다. 하지만 내 자리는 되찾았다. 내 자리가 나를 기다리고 있었다.

조금 전에 예쁘장한 젊은 형사가 다녀갔다. 토넬로가 자살이나 살인이라고 결론 내릴 만한 증거를 찾아내지 못했기 때문에 단순 사고사로 사건을 종결짓기로 했다고 한다. 나는 안도조차 하지 않는다. 내게는 이 모든 것이 중요하지 않다. 실망한 사람은 토넬로일 것이다.

　이렇게 해서 루카의 죽음은 사고가 되었다. 따지고 보면 우리 모두의 삶이 사고가 아니겠는가.

　젊은 형사는 잠시 나와 함께 시간을 보내고 싶어했다. 애원하는 듯한 눈빛과 긴장한 몸짓과 단속적으로 끊어지는 말투로 알 수 있다. 또 서투름의 소산인 퉁명스러움과 가짜 자신감과 나를 보러 오기 위해 찾아낸 궁색한 핑곗거리와 쉽게 발길을 돌리지 못하는 태도로도 알 수 있다. 하지만 나는 그의 무언의 요구에 응할 수 없었다. 손님을 받기 위해서는 감정을 느껴서는 안 되기 때문이다.

　얼마 후 호텔 방에 돌아왔을 때, 나는 어리석게도 루카가 방에 있었으면 하고 생각했다. 처음 있는 일이었다. 어느 날 저녁 호텔에 돌아왔을 때 루카가 나를 기다리고 있었던 것이, 잠자코 둘이서 키스를 나누었던 것이 가끔 생각난다. 우리는 서로에게 느끼는 감정을 말로 표현한 적이 한 번도 없었다. 우리의 감정이 처음 순간부터 이론의 여지 없이 확고하고 영원히 자리잡은 진실임을 알고 있었기 때문이었다.

느렸던 것이 기억난다. 그렇다. 느린 동작들과 마음을 푹 놓고 자신을 놓아버렸던 포기의 순간들이 기억난다.

지금 나는 솔페리노 호텔의 깜빡거리는 네온사인을 바라보고 있다. 밤이 얼음장같이 차다. 이 가을은 겨울을 닮았다. 침대 시트도 차갑다.

강물이 으르렁대면서 하구로 시체들을 쓸어간다. 그러면서 좋았던 시절도 함께 데려간다. 때로는 좋았던 세월을 데려오기도 할까?

늘 그렇듯 잠은 늦게 찾아올 것이다. 그러나 나는 루카의 얼굴과 함께 잠들 것이고 내일도 루카의 얼굴과 함께 잠에서 깨어날 것이다.

안나

　산 도나토에 있는 집의 덧문을 활짝 연다. 작년 여름에 내 손
으로 닫았던 문이다. 창문을 통해 올리브 나무 밭과 황토색 땅이
내다보인다. 토스카나는 변함없다. 토스카나의 풍경은 영원으로
다져졌다.

　소식을 들은 마을 사람들이 내가 불행한 사람이라는 것을 일
깨워준다. 어떤 사람들은 장애인에게 보이는 것과 같은 관심을
보이기도 한다. 그러나 내 얼굴에 덮인 슬픔이면, 사람들로 하여
금 나를 도우려는 마음을 단념시키기에 충분하다. 내 절망이 너
무 엄청나 보여서 좋은 의도들을 좌절시키다 못해 경악하게 만
든다. 사람들은 내게 다가오려는 몸짓을 보이다가 결국 포기하
고 물러난다.

나는 쓸쓸한 집의 돌바닥 위에 드러눕는다. 냉기를 느끼고 몸을 웅크린다.

나는 얼굴을 잃어버렸다. 눈에서 광채가 사라지고 윤곽이 패고 입술은 희미해졌으며 안색은 흐려졌다. 나는 거울 속에서 시체의 허연빛을 응시한다.

지금 내 목숨을 지탱해주는 것은 지치지 않고 나 자신에게 반복하는 질문들이다. 루카가 레오에 관해 거짓말한 것으로 봐서, 다른 모든 것에 대해서도 거짓말하지 않았다는 보장이 없지 않은가? 모든 것이 그런 척한 것이었다면? 진심이었던 적이 한 번도 없었다면? 우리 두 사람의 관계는 비참한 가장 행렬에 불과했고 연극에 지나지 않았으며, 나는 그 연극에서 알지도 못한 채 역할을 맡은 것뿐이었다면? 나는 속았다. 그런데 왜 조종당하고 이용당하지는 않았겠는가?

내가 '사랑한다'고 말했을 때 대답하지 않았던, 미래에 대한 약속과 한 지붕 아래 사는 것을 거부했던 루카, 빈방에서 전화가 울려대던 어느 저녁들, 이 모든 것이 그의 관심은 다른 데 있었다는 것을 의미했던 것일까?

물론 나는 이 말들을 뱉어내는 즉시 스스로를 책망한다. 마치 내 행동이 루카와의 추억을 욕보이고 루카의 생전 모습을 살해하기라도 한 것처럼. 당연히 나는 해답을 얻을 수 없을 것이다.

절대 풀 수 없는 방정식이 내게 주어졌다.

　나는 철저하게 헐벗었다. 이것이 지금의 내 모습이다. 그 이상도 그 이하도 아니다. 아무것도 가진 것이 없고 아무것도 모르고 내 질문들이 맞는지 확신조차 없다. 이 혼란이 도달할 지점으로 정신착란 외에 무엇이 있겠는가?

　모든 것을 가졌다가 모든 것을 잃은 것만으로는 부족하다. 내 것이라고 믿었던 모든 것이 모조품일지도 모르고, 그게 아니라 해도 어쨌든 모래 위에 지어졌었다는 사실을 알아야 했다.

　토스카나의 시골이 나를 구할 수 있을까? 저무는 태양의 마지막 섬광이 나를 구할 수 있을까?

　노인네 몇 명과 카드놀이를 하는 사람들뿐인 마을의 술집 겸 레스토랑에서, 한 번도 본 적 없는 젊은 남자가 나를 향해 미소 짓는다. 그에게는 거슬리는 자신감과 제시간을 기다리는 자의 인내심이 있다. 인생을 다시 시작하는 것이 가능할까?

루카

밤이 부쩍 앞당겨졌는데도 대기는 여전히 포근했다. 하지만 여름은 곧 지나갈 것이다.

베키오 다리 근처에서 술에 취해 날뛰는 한 남자가 하루빨리 군주제를 복원해야 한다고 고래고래 소리를 질렀다. 그보다 멀지 않은 곳에서는 몇몇 젊은이가 파랑돌*을 추는 것처럼 떼로 몰려다니고 있었다. 길가 구석에서는 한 청년이 오토바이의 시동을 거는 것에 연달아 실패하고 있었다. 카페테라스에서는 점원이 마지막 손님들을 살살 달래 떠나보내고 탁자들을 안으로 들여놓고 있었다. 여기저기서 가로등이 꺼졌다. 도시가 밤 속에 조

---

* 손을 잡고 줄을 지어 추는, 프랑스 프로방스 지방의 리듬감 있는 춤.

용히 틀어박히고 있었다. 소음도 점점 잦아들었다.

토스카넬라 가에 있는 약국이 셔터를 내리려 하고 있었다. 나는 약국이 문을 닫기 직전에 수면제 한 갑을 샀다. 레오와 마신 포도주 탓에 머리가 빙빙 돌아 잠이 안 올까봐 걱정되었기 때문이다.

약상자에는 복용 후 삼십 분 만에 효력이 나타난다고 적혀 있었다. 그 전에 나는 집에 도착할 것이다. 나는 수면제 네 알을 삼키고 나머지는 길가의 눈에 띄는 쓰레기통에 버렸다. 좀더 조심해야 했었다. 의사들이 처방하는 적정량은 한 알을 넘지 않는다.

얼마 지나지 않아 주변의 그림자들이 흔들리고 가로등들이 희한한 모양으로 너울거리기 시작했다. 벽에 쓰인 거리 이름들이 희미해졌고 다리가 휘뚝이는 것이 느껴졌다.

하지만 기분은 그다지 나쁘지 않았다. 과량의 알코올과 수면제가 결코 좋은 결합이 아닐 것이고, 현기증이 나고 몽롱한 것이 이 이상한 조합 때문이라는 것은 알고 있었지만 말이다.

나는 행복을 느끼며 실실 웃음을 흘렸고 세상의 소음에 아랑곳하지 않고 무사태평하게 몽유병 환자처럼 도시 속을 걸어갔다. 얼큰한 비몽사몽 상태가 아주 기분 좋았다. 유쾌하게 피로했다.

나를 첫사랑들에게 데려다준 레오를 생각했다. 우리의 포옹과 내 목에 솟은 핏줄에 해주던 그의 키스와 웃음을 생각했다. 미풍에 몸이 떨렸다. 나는 이 순간이 영원하기를 바랐다.

산타 트리니타 다리에 이르니, 부글거리고 있는 강이 보였다. 강물을 보려고 몸을 숙였다. 강물은 시커멓게 번쩍이고 있었다. 몇 분간 그대로 있다가 거세게 출렁이며 튀는 차가운 강물을 느끼려고 손을 뻗었다. 반사되는 강물 속에 안나의 얼굴이 있었다.

잠시 후 나는 주위에 아무도 없다는 것을 깨닫고 별생각 없이 난간 위에 올라섰다. 그러고는 만세를 부르듯 양팔을 번쩍 들어 올렸다. 이런 동작과 내 얼굴 때문에 나는 영락없이 십자가에 못 박힌 예수와 닮아 있을 것이었다. 나는 줄타기를 하듯 난간을 따라 걸었다. 가장자리가 미끄럽다는 것을 알아차리지 못했다.

너무 어리석은 짓이었다. 나는 균형을 잃고 말았다.

세 연인의 목소리가 빚어내는
아주 특별한 멜로

필립 베송은 우리나라에서는 아직 낯선 이름이지만, 프랑스에서는 평단의 두터운 신망과 열성적인 고정 독자층을 동시에 확보하고 있는 출판사의 보증수표 같은 작가다. 2001년 등단한 후지금까지 거의 매년 거르지 않고 꾸준히 발표해온 그의 작품들은 언제부터인가 제목으로보다는 '필립 베송의 신작'으로 불리며, 필립 베송의 신작 소개는 이제 프랑스 문단의 연례행사가 되었다.

등단작 『인간의 부재 속에서』는 프랑스에서 일약 센세이션을 일으키며 만장일치에 가까운 격찬을 얻어냈다. 한 평론가는 첫 작품으로 단박에 진정한 재능의 작가를 예감할 수 있다는 점에서 『이방인』과 『구토』에 비견하기도 했다. 제1차 세계대전이라는 배경, 열여섯 살 소년과 젊은 병사의 동성애 및 초로 작가와의 우정, 부분적인 서한문 형식. 시대착오적으로까지 보이는 이 모든 요소가 베송의 손끝에서 놀랄 만큼 신선하고 모던한 이야기로 다시 태어나 죽음, 상실감, 고독, 타인과의 관계 등 문학이 이상적으로 다룰 수 있는 본질적인 문제들을 가만가만 풀어놓는다. 사생활과 소설의 경계가 모호한 작품들, 얄팍한 재치와 소비사회의 코드를 흡하게 코디네이션한 작품들, 자족적이고 현학적인 작품들에 싫증난 프랑스 비평가들이 쌍수를 들어 베송의 작품을 환영한 것은 당연한 일인지도 모른다. 이후 지금까지 열 편이 넘는 장편을 발표할 때마다 베송은 드물게 평단과 대중의 고른 지지를 받으며 자타가 공인하는 행복한 작가가 되었다.

베송은 문학과는 전혀 상관없는 법률가로 살며 십오 년간 하루도 빼놓지 않고 지인들에게 세 통씩 편지를 쓰다가 어느 날 픽션을 써보자는 생각을 하게 되었고, 그렇게 습작도 거치지 않은 채 세상에 나온 작품이 바로 『인간의 부재 속에서』였다. 전업작가가 된 지금은 글을 쓰지 않는 날을 상상할 수 없으며, '현재의 삶이 너무나 행복해서 이 행복을 위해 치러야 할 대가가 있다면 기꺼이 치를 각오가 되어 있다'고 말한다. 글쓰기는 그에게 고통이 아니라 늘 행복이다.

필립 베송은 전 작품을 통해 섬세하고 절제된 문체로 죽음, 고독, 타인과의 관계라는 주제를 일관되게 천착해왔으며, 앞으로도 변함없이 그럴 것이다. 그러나 베송이 아무리 예민하고 섬세한 작가라고 해도, 그만한 감수성을 가진 작가들은 어렵지 않게 찾아볼 수 있다. 하늘 아래 새로운 주제 또한 없다. 그가 천착하는 주제들은 문학의 단골메뉴이기까지 하다. 그러므로 베송의 독보적인 작품세계의 비밀은 그의 뮤즈 마르그리트 뒤라스에게서 찾아야 할 것이다.

바로 지극히 감상적인 줄거리와 뼈만 발라낸 듯 정련된 스타일의 역설적인 조화가 그것이다. 문학이 감정의 매개체라고 믿고 있는 그는 담담하고 절제된 언어로 독자의 감정이입과 눈물을 적극 유도하며 순식간에 마음을 사로잡는다. 우아함을 유지하면서도, 독자와 텍스트 간의 거리두기를 하지 않아 난해하지 않다. 어떤 스토리가 되었든 결국에는 등장인물들의 머릿속으로 들어가 기나긴 독백을 하며 그들이 격렬하게 느끼고 반응하는 것들을 차분하게 짚어나간다. 감정을 이성으로 이해하려고 한다는 점에서 '주지주의적 멜로'라 할 만하다.

한 가지 특기할 만한 사실은 필립 베송의 거의 모든 작품이 영화로 만들어졌거나 만들어질 예정이라는 것이다. 『그의 동생』은 〈여왕 마고〉와 〈정사〉의 파트리스 셰로 감독에 의해 영화화되었으며, 시인 랭보와 그 여동생의 이야기 『무상한 나날들』은 촬

영이 끝나고 개봉을 기다리고 있다. 『인간의 부재 속에서』 『이런 사랑』은 촬영중이며, 『포기의 순간』은 영화사에 판권이 팔린 상태다. 『만추』는 희곡으로 각색되어 무대에 올려지기도 했다. 유례를 찾기 힘든 이와 같은 영화계의 러브콜을 작가 스스로는 자신의 이야기꾼적 면모, 눈앞에 그림을 그리는 듯한 시각적인 묘사 때문이라고 진단한다. 누가 이의를 달겠는가?

『이런 사랑』은 필립 베송의 네번째 소설이자 그에게 보다 폭넓은 독자층을 확보할 수 있는 계기를 마련해준 작품이다. 한편으로는 지나치게 인위적이고 깔끔하다는 불만을 샀을 만큼 완벽하게 딱 떨어지는 구성과 등장인물이 겪는 공감가는 고통, 미스터리적 요소 덕분이다.

피렌체의 늦여름, 스물아홉 살 청년인 루카가 아르노 강가에서 익사체로 발견된다. 그런데 이야기를 시작하는 사람은 죽은 루카다. 이어서 루카의 연인인 안나와 그의 또다른 숨겨진 연인인 레오가 바통을 이어받는다. 굳어버린 심장과 고통스러운 어조의 세 목소리가 협화음을 내며 이어지고 교차하면서 『이런 사랑』을 직조한다. 각자에게 할당된 악보도 있다. 루카는 숨을 거둔 후에 겪는 육체의 변화, 장례 절차와 매장, 고요한 무덤 속, 안나와 레오를 향한 각기 다른 사랑을, 안나는 갑작스러운 연인의 죽음과 배신에 직면한 고통을, 레오는 타인과의 유일한 끈이었던 사랑을 잃은 상실감과 고독을 노래한다.

피렌체의 불결한 기차역에서 마침내 안나와 레오가 대면하는 장면은 이 소설의 백미로, '내 작품들은 거의가 내면의 독백이라 할 수 있다. 모든 일은 등장인물들의 머릿속에서 일어나며 외부는 존재하지 않게 된다'는 작가의 말을 뒷받침하는 모범적인 사례다. 침묵이 더 많은 말을 하고, 말해지지 않은 것들이 뚜렷이 모습을 드러내며, 등장인물의 머릿속 상념 외에 모든 것이 정지된 듯한 순간이다.

작가 필립 베송이 등장인물들 뒤로 완전히 모습을 감추었듯, 번역자인 나도 필립 베송의 뒤로 자취도 없이 사라지고 싶었다. 그래서 그의 극도로 정련된 시적 문체가 최대한 보존된 채 보다 많은 독자들을 매혹할 수 있도록. 이 소설에 몰두할 수 있어서 잠시 행복했다.

우리는 혼자라서 고독하지 않다. 우리는 함께, 고독하다.

문학동네 편집부에 감사드린다.

장소미

지은이 **필립 베송**

1967년 샤르트에서 태어났다. 루앙의 고등상업학교를 졸업한 후 법학자로 강단에 섰으며, 일간지 〈리베라시옹〉에서 잠시 일했다. 등단작『인간의 부재 속에서』로 에마뉘엘 로블레스 상을 수상했으며,『그의 동생』으로 페미나 상 후보에 올랐다.『만추』로 에르 테엘 리르 그랑프리를,『이런 사랑』으로 메디테라네 상 특별상을 수상했다. 등단 후 거의 매년 거르지 않고 작품을 발표해오고 있으며, 주요 작품으로『포기의 순간』『10월의 아이』『이별과 이별하기』『우연히 만난 남자』『인간들 사이로의 귀환』『자살을 위한 합당한 이유』등이 있다.

옮긴이 **장소미**

숙명여자대학교 불문과와 동 대학원을 졸업했다. 숙명여자대학교에서 강의를 했으며, 파리3대학에서 영화문학 박사과정을 마쳤다. 필립 베송의 또다른 작품『포기의 순간』『10월의 아이』를 비롯해『지도와 영토』『악어들의 노란 눈』『지금 일어나 어디로 향할 것인가』『우리 안의 어둠』(근간) 등을 우리말로 옮겼다.

문학동네 세계문학
이런 사랑

1판 1쇄 2007년 8월 24일 | 2판 1쇄 2012년 11월 8일

지은이 필립 베송 | 옮긴이 장소미 | 펴낸이 강병선
책임편집 황문정 | 디자인 이경란 이원경 | 저작권 한문숙 박혜연 김지영
마케팅 정민호 김도윤 박보람 | 온라인마케팅 김희숙 김상만 이원주
제작 서동관 김애진 임현식 | 제작처 미광원색사(인쇄) 우진제책(제본)

펴낸곳 (주)문학동네
출판등록 1993년 10월 22일 제406-2003-000045호
주소 413-756 경기도 파주시 문발동 파주출판도시 513-8
전자우편 editor@munhak.com | 대표전화 031) 955-8888 | 팩스 031) 955-8855
문의전화 031) 955-3576(마케팅) 031) 955-2659(편집)
문학동네카페 http://cafe.naver.com/mhdn

ISBN 978-89-546-1964-6 03860

www.munhak.com